ソクラテツとの対話 II

肉に蒔く者と霊に蒔く者

徳留 新一郎

ソクラテツとの対話Ⅱ

肉に蒔く者と霊に蒔く者

目次

登場人物

曽倉哲郎　俗世を離れ、孤高の生を送る天才思想家。五十八歳。不撓不抜の精神と、不羈の才智の持ち主。『アキレスと亀』の難問を、人類で初めて解いた男。人呼んで「ソクラテツ」。

横山一郎　二十四歳の青年。曽倉哲の信奉者で愛弟子。

はじめに

「おれは中学生ぐらいの頃から、自分はなぜここにいるんだろう、何のために生きているんだろうって、ずっと疑問に思っていたわけですよ。でも、先生に聞いても、親に聞いても、誰からもまともな答えなんか返ってこない。『そんなことは、いくら考えたって仕方がないことなんだ。そんなことをあんまり考えてると、頭がおかしくなってしまうぞ』なんてことを言う大人なら、結構大勢いましたけどね。決定的な答えの出せる人間なんてものには、お目にかかったことがなかったわけですよ。」

「なぜ自分はここにいるのか、自分は何のために生きているのか、……実際、これを疑問に思わない人間なんてものはいないだろうな。でも、本当にその答えを知っている人間には、まずお目にかかることができない。『それはこういうことなんだ、これはそういうことなんだ』って、どこかで聞いてきたような戯言(たわごと)を、泡を飛ばして喚き立てる奴らならそこら中にいるがだ。」

「それで、自分が大人の世界に入ってみると、『いつまで子供みたいなことを考えてるんだ。食っていかなけりゃいけないんだ。綺麗なことを言っていては、生きていけないんだ』とかなんとか言われて、この問題を真面目に考えること自体が、間違った生活態度でもあるかのように決め付けられるんですからね。食っていかなけりゃいけないからって、それがいったい何の関係があるんだって、おれは思いましたけどね。世間一般の人間ってのは、こんな重要な問題を放っておいて、なんで平気でいられるんだろうって。」

「そうすると君は、世間一般の人間というのは、一番大事な点をおろそかにして生きている連中だと、そう思うわけか。つまり彼らは、間違った生き方をしていながら、それから目を背けている人間だと。」

「そうですね。一番重要な点をわざと曖昧にして、直視せずにすませているように見えますね、おれの目には。」

「世間一般の人間の生き方というのは、要するに成人して学校を出たら、働いて日々の糧を得て、一家を構えて女房子供を養って、子孫を残すと、そういう生き方のことだ。その過程で、人は悲喜交々(こもごも)の感慨を味わうわけだが、通常人は人生というのはそういうものだと思っている。ところが君は、それは間違った生き方だと思うのか。」

「間違っているとは言いませんけどね。でも、何か非常に重要な部分が足りないって言うか、何かが欠けてますね、そこには。そういう世間一般の人間の生き方を、一切の粉飾を取り除いて、最も単純な言葉で表現すれば、『個体の維持と種の保存』ということになるんじゃないんですか。この『個体の維持と種の保存』というのは、要するに動物的な生存原理のことでしょう。人間に限らず、あらゆる生物は個体の維持と種の保存、つまり肉体の生命の維持存続のために生きているわけで、人間にも同じ原理が働いているということでしょう。」

「それじゃいけないのかね。」

「人間だって動物の一種なんだから、動物的な生存機能が働くのは当然であり、それを悪いことだとは言いませんよ。でも、それ以外に何もない人生というのは、やはりおかしいんじゃないのかって。つまり、何か人間を人間たらしめると言うか、動物原理以上の原理が働いていなければ人間の一生とは言えないんじゃないのかって、そう思いますけどね。毎日ただ飯を食って、寝るだけの生活をしていると、『お前はなすべきことをしていない、全力を挙げてなすべきことをなせ』って、自分の内側からそういう声が聞こえて来るわけですよ。そうすると、焦燥感っていうか、どうにもならない、足掻くような気持ちに襲われてしまうんですよ。でも、それじゃ何をしたら良いのかってことになると、その答えがまったく分からない。」

「答えが分からないということはだ、答えを探さなければならないと、そういうことじゃないのか。」

「そうなんですよ。でも、どうしたらそれが見つかるのか。いずれにしても、精神的な生活の中にその答えがあるんだって、それだけは理解できるんですけどね。それでも、若いうちは本気でこの答えを求めていても、大人になって暮らしているうちに、その気持ちを忘れてしまうっていうのが、普通の人間なんですよ。毎日同じことを繰り返して、飲んで、食って、寝るだけの生活を送っているうちに、いつの間にか何も考えない人間になってしまって。『そんなことをいくら考えたって、仕方がないことなんだ。現実ってものがあるんだ。食っていかなけりゃいけないんだ』とかなんとか、自分自身に言い聞かせて。だから、生涯を通じてこの問いの答えを求め続ける人なんて、まずいないと言っていいんじゃないんですか。でも、曽倉部長と出会ったとき、この人はこの問いの答えを知っている人だなって、おれはそう思ったんですよ。」

「君は、個体の維持と種の保存という、動物原理に従うだけの生き方は、間違っていると思うわけだ。何かそれ以上のものが、人生には必要だと。何か精神的な指針というか、終局的な目標とでもいったものが。それがなければ、正しい人生を送ることはできないと、そういうことだろう。」

「そうですよ。それを見つけないことには、人生を成功させることはできないって、そんな感じがするんですよ。」

「そうすると、人間が生きるのは自分の人生を成功させるためだと、君はそう思うわけだな。誰だって、人生を失敗して良いはずがなく、なんとしても成功させなければならない。まあ、ここまで単純化すれば、誰にも否定しようがないが。要するに、それが答えってことじゃないのか。人生を成功させることが、人生の目的である、と。」

「そういうことになりますね。それじゃ、成功した人生というのは、どのような人生のことなのか。」

「世間じゃ成功者目標だとか、幸福目標だとかいったものが出来上がっているだろう。金持ちになることだとか、社会的地位の高い人になることだとか、大学者になることだとか、結婚して家庭を持つことだとか、そういうことじゃないのか。飲んで、食って、寝て、それが終われば死ぬだけの人生には飽き足らない、それ以上の何かが必要だ。そう考える連中ってのは、大抵は出世志向というか、社会的成功を修めることが人生の目的だと思っている。同業者を凌いで業界のトップに立つとか、ベンツに乗る身分になるとか、サラリーマンなら昇進して管理職になるとか、人によってスケールの違いこそあれだ。」

「大部分の人間は、これらの目標がすでに設定されてしまった世界に生まれてくるというのが、実際のところです。そして、本当にそれが正しい生き方なのかどうか分かりもせずに、誰もがその目標を達成するよう、社会から強要されます。また、この成功者目標の達成度によって社会は階層化し、個々の社会構成員は自分がどの階層に属するかで、上流、中流、底流などと烙印を押されてしまいます。」

「それで、誰もが熾烈な競争に身を投じて、蹴落とし合い、噛み付き合う日々を送っているというわけだ。」

「でも、それだって自然界の生存競争原理が、人間の社会に現象化しただけのものじゃないんですか。一番強い奴を残してほかは淘汰されるっていう、要するに適者生存原理のことですけどね。だったら、その出世志向の生活だって、動物原理に隷属する生活ってことに変わりはない。結局、サル山のサルが、ボスの座をめぐって噛み付き合い、引っ掻き合って暮らしているのと同じことですよ。そんな生活をどれほど送ったって、『生きてきて良かった』って、納得してこの世を去ることはできないと思いますね。」

「そうすると、君にとって成功した人生というのは『生きてきて良かった』と、納得してこの世を去ることのできる人生のことだと、そういうわけだな。」

「そうですね。」

「それじゃ、答えが出たんじゃないのか。人生を成功させることとは、『生きてきて良かった』と納得して、この世を去ることができるような人生を、自分に与えることである、人はそのために生きなければならない、と。」

「そういうことになりますね。金持ちになろうが、社会的地位の高い人になろうが、大学者になろうが、結婚しようが、最終的に『生きてきて良かった』と思えないなら、成功した人生とは言えませんからね。金持ちになることも、社会的地位の高い人になることも、大学者になることも、結婚することも、最終的に人生を成功させるための手段であって、それ自体が目的ではありませんからね。最終的に『生きてきて良かった』と、納得してこの世を去ることのできるような人生だけが成功した人生であり、そのほかはすべて失敗した人生だと思いますね。なんてったって、『生きてきて良かった』人生以外の人生とは、みんな『生きてこない方が良かった』人生のことですからね。」

「実際、人間のあらゆる行動は、この『人生を成功させる』という、終局的な目的の達成に向けて、取られるものでなければならない。また『成功した人生』とは何かを言い表すのに、『生きてきて良かった人生』以上に、的確な表現はないだろう。一方、世間が設定した成功者目標などというものは、却って人生を失敗させてしまうための、誤った目標と言えるんじゃないのか。それは結局、世人が競争心に囚われて作り出した幻影に過ぎないということで。他人と自分とを比較することによって優劣の意識が生じ、それが大変な競争心となって彼らを衝き動かす。その結果、連中は自己を他人よりも優位に立たせることにばかり夢中になって、『生きてきて良かった』人生を自分に与えるという、終局的な目的を見失ってしまう。」

「そうすると、飲んで、食って、寝るだけで終わってしまう生活も、成功者となるために蹴落とし合う生活も、どちらを選ぶにしても、世間一般の生き方は、やはり間違った生き方だということになってしまいますね。」

「そういうことになるな。彼らは社会的成功者になることはできるかも知れないが、人生を成功させることはできないというわけだ。彼らは手段と目的とを取り違え、手段を目的と思い込んでいる。本当の目的とは何かを、見極めていないからだ。」

「これまでの議論で、幾つかの明快な答えを得ることができました。ひとつは、人生の目的とは自分の人生を成功させることであり、もうひとつは、成功した人生とは『生きてきて良かった』人生のことであるということ。さらには、ただ漫然と飲んで、食って、寝るだけの生活を送ることによっても、世間一般の成功者目標を達成することによっても、成功した人生を送ることはできない、ということです。それでは、どうすれば『生きてきて良かった』人生を、自分に与えることができるのか。それが、これから我々が解明してゆこうとしている問題です。」

「そのうえさらにだ、なるほど『生きてきて良かった』人生を獲得するのは結構だが、果たしてそれでちゃんと暮らしてゆけるのかどうか、という点についても明らかにする必要があるだろう。」

「まさにね。いくら理想的なことを思ってみても、人間として生存できないようなら無意味ではないか、それが世間一般の人間が必ず持ち出してくる反問ですからね。

……肉体の安全が確保されなければ、それ以上の生き方なんてできない。

大多数の人間が、動物原理に隷属する生活に縛り付けられているのは、もっぱらこの理由によるわけで、この点についてもきちんとした答えを出す必要があります。」

「世人は、『生きてきて良かった』人生を得ることは不可能である、と考えている。そして、それは子供じみた理想的見解に過ぎず、実際に行うことはできないと、自分自身に言い聞かせてすませている。しかし、現実に行動したこともなく、何をして良いのかすら知らぬ彼らが、なぜ『不可能だ』ということだけを知っているのか。我々は、現代に生きる人間の視点で、この問題について、はっきりとした答えを出しておかなければならないだろう。そして、『生きてきて良かった』人生を獲得することは可能である、という事実を証明する必要があるだろう。」

「実際、人間として『生きてきて良かった』人生を自分に与えることができないのなら、なぜ人間は存在するのか。これは絶対におかしいことですからね。我々は、なんとしてもこの問題の答えを得なければならない。あなたがここで論ずる事柄は、いつの日か少なからぬ人々の役に立つことでしょう、それも非常に重大な形で。私はあなたの証人としてそれに立ち会い、ここにこうして書き留めておくものです。」

肉に蒔く者と霊に蒔く者

「人生の目的とは、『生きてきて良かった』と納得できるような人生を自分に与えることだとは、これまでの議論で明らかになったことです。それでも、この目的に本気で取り組んでいるのは、ごく限られた少数の人々に過ぎず、ほかの多くの人々は因襲的生活の枠組みの中にその生涯を終えるというのが現実です。」

「因襲的生活というのは、個体の維持と種の保存からなる、動物原理に隷属する生活であるということは、前回話し合った通りだ。大多数の人間は、肉体の維持存続以上の生活原理を求めようとはせず、せいぜい結婚して家庭の幸福を味わうとか、世俗の競争を勝ち抜いて出世するとかいった程度の目標しか、自分に与えることができない。しかし、飲んで、食って、寝るだけの生活によっても、結婚によっても、世俗の競争に勝って社会的成功者になることによっても、人生を成功させることはできない。これもまた、すでに前回の議論で明らかになったことだ。」

「それ以上の生活は、精神生活の中にのみ存する。ソクラテスやイエス・キリストを始めとして、あらゆる偉人聖賢は、霊の生活、もしくは精神の生活の、肉の生活に対する優越を説いてきました。一方、大衆は常にそれに反駁し、干渉と、妨害と、攻撃を加えてきました。精神的傾向の異なる二種類の人間の間には、このような伝統的な不和反目の関係が存在します。」

「パウロはガラテヤ人への手紙の中で、こう言っているだろう、『肉に蒔く者は滅びを刈り取り、霊に蒔く者は命を刈り取る』と。精神的傾向の異なる二種類の人間とは、要するにその『肉に蒔く者』と、『霊に蒔く者』のことだ。」

「この二種類の人間の類型が、すでに二千年以上も前に、キリスト者によって説かれていた。」

「『生きてきて良かった』と納得できるだけの人生を得るためには、人は自分の最期に及んで、もはや死の絶望や恐怖に囚われることのない境地に、達していなければならない。また、自分自身の人間性に、未成熟な部分、不完全な部分を残しておくことがあってはならず、最高の精神段階、円熟の境地に達していなければならない。しかし、これは純粋に精神的な作業であって、このため我々にとって、人生とはもっぱら精神生活を送るべき場所となる。この点で、人生を肉の生活の場所と捉える者とは、決定的に分裂することになる。」

「ともかく、世界人類の大半が肉の原理に支配され、より快適で、便利で、豊かな暮らしを手に入れようと、鎬を削っているというのが現実です。彼らはほとんど盲目的に、そういった苛烈な競争に明け暮れているのです。その中で、精神的な生活を追う者は、まったくの例外的な存在であり、どうしても異端の烙印を押されずにはすみません。」

「我々が、ソクラテスやイエス・キリストの教えに倣って生きようと努める限り、大衆、つまり標準人からの干渉、妨害、攻撃を避けることはできない。これは我々に課せられた、宿命とも呼ぶべきものだ。我々と大衆とは、お互いに対極となる価値を体現しており、相互に否定し合うことによって、存在しているということだ。あらゆる価値の認識は、対比によってのみ生ずる相対的な観念で、何事かが価値を持つためは、それ以外は無価値でなければならない。従って、我々が自己の存在の価値を証明すれば、それは同時に、彼らの存在の無価値を、証明することにもなってしまうわけだ。」

「それが彼らの我々に対する、激しい敵意や、憎しみや、恨みの感情の根底にあるものでしょう。しかし彼らは、我々に対する自己の優越を証明する代わりに、我々を批判し、貶めることによって、あたかも自分たちの方が優れた存在でもあるかのように、見せかけようとします。ソクラテスやイエス・キリストに倣って生きるなどということは、現実から遊離した、理想を追うだけの、子供じみた生き方だと決め付けてくるのです。そうして、却って誤った生き方をしている自分たちの方が、正当な人間でもあるかのように言いくるめるのです。」

「自己に何の価値も与えることのできない者は、自分以外の者を無価値なりと決め付ける以外に、その存在を正当化することができないからだ。それでは、『肉に蒔く』彼らが主張する生活観とは、いったいどのようなものなのかね。」

「彼らの主張することとは、だいたいこういったものですよ。……まずなんと言っても、人は生きていなければならない、死んでしまっちゃ元も子もないじゃないか、生きていての物種だって。つまり、死なないでいることが、人生で一番大事なことなんだと。そうして肉体の安全が確保されて、はじめて精神的な生活が可能になる。また、死なないでいるためには、人はエサにありつかなければならない。だから、エサにありつくこと、つまり利益の獲得が、生活上の最優先課題である。また、エサにありつくというのが、これまた容易なことではない。限られた生活資源をめぐって、より良い物をより多く手に入れようと、誰もが鎬を削っているというのが現実だ。だから、他人を蹴落としてでもエサにありつくというほどでなければ、生き延びることができない。実際、この世には弱肉強食の、生存競争ってものがあるんだ。甘いことを言ってる奴は、すぐに蹴落とされてしまう、世界はそういうふうにできているんだ。なるほど『生きてきて良かった』と、納得してこの世を去ることができたなら、それに越したことはないだろう。しかし、そうなる前に死んでしまっちゃ、元も子もないじゃないか。だから、肉体の維持存続が、やはり最優先課題となるだろう。……　だいたい、そういったところですよ。」

「まず第一に、これは以前も話したことだが、『死なないでいることが一番大事だ』という彼らの見解は、すでにその出発点において、完全に誤った想念に基づくものだ。これは、人間に備わった動物的生存原理、つまり本能の『生きよ、死んではならない』という衝動に突き動かされるだけの、理知の曇った人間の抱く誤謬だ。何をどうしたところで、人は死ぬようにできているものを、どうすれば死なずにすますことができるのか。『死んでしまっちゃ元も子もないじゃないか、生きていての物種だ、死んで花実が咲くものか』と、彼らは考える。しかし我々は、『死んでしまって元も子もあろうがなかろうが、生きていての物種であろうがなかろうが、死んで花実が咲こうが咲くまいが、人は死ぬようにできているんだ』と考える。」

「つまり、彼らと我々との考え方の根本的な相違は、『死』というものを、最初から認識の領域に置くか置かないかという点にある。要するに、死なないでいることは不可能だという現実を、あるがままに見つめているかどうかの違いでしょう。」

「死なないでいることは不可能なのだから、死ぬまでの間どのように過ごしたら良いのだろう、と我々は考える。つまり、我々にとって生きるということは、死をきちんと受け入れるための準備をする、ということにもなるわけだ。これに対して、大衆にとって生きることとは、死なないでいること、つまり死から逃れるための、際限のない努力の連続を意味する。しかし、そうして死から逃れることを最優先に生きる結果、彼らは死を受け入れる準備を怠ったまま一生を費やし、ついには死に追いつかれてしまう。」

「彼らにはここの所が理解できていない。むしろ、死とは忌むべきもので、できるだけ目を背けて、なるべく見ないですませておこう、それが彼らの思っていることですよ。でも、最後まで見ないですますなんてことが、できるはずがない。」

「実際、晩年に至って、死がすぐそこまでやって来て、そこでやっとどうしたら良いのか考え出すってのが、連中のやり方だ。しかし、そんな泥縄式の方法で、『死』という冷厳な事実に、対処できるはずがないだろう。実際、大抵の人間は、癌の宣告を受けるだけで、たちまち生ける屍になってしまう。そうして、周章狼狽、茫然自失、絶望と、恐れと、孤独に飲み込まれて生涯を終えることになる。」

「要するに、彼らには『死んでしまったらお仕舞いだ』っていう意識ばかりが働くものだから、『死なないでいるのは不可能だ』って事実には、あまり関心が向かないってことですかね。」

「実際彼らは、『死んでしまったらお仕舞いだ』という意識にばかり囚われ、それ以外の事柄には関心が向かない。これは、それだけ彼らが死の絶望や恐怖に縛り上げられ、追い立てられて、死を避けることを最優先に生きている、ということでもある。しかし、死の絶望や恐怖を、最も重大な生活原理としているということは、彼らは自分の方から、死の絶望や恐怖にしがみついている、ということにもなる。」

「なるほどね。死の絶望や恐怖がなくなったら、彼らは最も重要な生活の指針を失ってしまうわけで。それは、どのようにして生きたら良いのかも、分からなくなってしまうってことですからね。」

「また、そうして死の絶望や恐怖に自分の方からしがみついている限り、絶対に死の絶望も恐怖もなくならない。却ってより大きな絶望や恐怖が、次々と必要になってくるだけだ。そうして彼らは、自分自身の手によって肥え太らせた絶望や恐怖に、最後には自分自身が飲み込まれてしまうことになる。」

「しかしそうすると、肉体の維持存続を最優先に、『死なないでいよう』と努めれば努めるほど、却って滅びに向かって進んで行くことになる。」

「滅びずにはすまないものを、滅びないようにしようとどれほど努めても、失敗に終わるしかない。肉体が滅びるのは必然であって、いかなる方法によっても、それを避けることはできないからだ。従って我々は、何としてもそれを受け入れることができるようにと、そちらの方に専心しなければならない。またこの『死を受け入れる』という行為は、いかなる物理的方法によっても、経済的方法によっても、医学的方法によっても、達成することはできず、純粋に精神的方法によらなければならない。」

「その、死の絶望と恐怖とが、一番重要なポイントだと思うんですが。」

「そもそも、我々に死というものを受け入れ難くしている、最も重大な要因とはいったい何なのか。それは『死』そのものではなく、むしろ死に伴う絶望と恐怖だということだ。だから、死をきちんと受け入れるためには、絶望と恐怖にどのように対処したら良いのか、ということになる。」

「実際、死から絶望や恐怖が取り除かれたら、いったい何が残るのかと言われれば、あまり大した物は残らないような気がしますからね。」

「肉体の死というのは、厳格な自然法則によって引き起こされる必然であって、これは我々の手ではどうすることもできない、我々の到達圏外にある事実だ。しかし、死に伴う絶望や恐怖の方は、これは死に対して我々の抱く心象であり、また心象である以上、我々の到達圏内にある事実と言うことができるのではないか。要するに、精神の成熟と鍛練とによって、死の絶望や恐怖に囚われることのない境地に達すること、つまり『死を無力化する』ことは、可能なんじゃないのかってことだ。」

「実際、キリスト教でも仏教でも、精神修養を何よりも重んじてるってのは、そういう理由からじゃないんですか。人間の救いというのは、つまり『死』からの救いのことで、その『死』からの救いというのは、肉体的なものじゃなくて、飽くまでも霊的、精神的な救いのことなんだから。その点で、両教とも一致してるわけだし。」

「つまり、人間の肉体を殺すのは死だが、精神ないし魂を殺すのは絶望や恐怖である、肉体の死は避け難い必然だが、精神の死は避けることが可能である、ということだ。肉に蒔く者と、霊に蒔く者との相違が、これで随分ハッキリしてきたのではないだろうか。」

「しかし、精神の生活を最優先とする生活とはどの様なものなのか、それがどうして絶望や恐怖を克服する方策となるのか、そういった点がまだハッキリしていません。」

「その通り。それらについては、これから順番に明らかとなることだろう。今論じているのは、飽くまでも大衆の生活、つまり死なないでいることを最優先とする生活が、実は人を滅びに導く生活だということだ。」

「それでも、なお彼らはこう言うでしょう。……　そうは言っても、肉体がある以上は、肉体の面倒だって見なければならない。だから、エサにありつくことだって、大切な仕事と言えるんじゃないのか。なるほど『生きてきて良かった』と、納得してこの世を去ることができるなら、それに越したことはない。しかしこれだけ腐った、悪の充満する世界だ。こういう世界では、綺麗なことを言っていては、生きてゆくことができないんだ。だから、やはりそれは現実から遊離した、甘い認識に基づく理想的見解であって、実際には不可能だ。やはり肉体の維持存続が最優先で、精神的な生活は肉体の安全が確保されて、そこで初めて可能になるんだ　……　ってね。」

「何度も言うようにだ、『肉体の安全』なるものが実際に確保できるなんて、思うこと自体がおかしい。『エサにありついていさえすれば、死なずにすむ』という、まったく非現実的な、甘い想念に囚われているのは、いったいどちらの方なのか。そもそも『死なないでいる』という、最初から不可能なことをいったん追い始めたら、どこまで行っても終わらず、その結果精神の生活なんて、到底始めることはできなくなってしまうだろう。しかも、遅かれ早かれ肉体が滅びるという事実には、なんら変わりはない。また、彼らの言う『肉体の維持存続に必要な生活資源の確保を最優先とする生活』、つまり経済原理最優先の生活とはいったいどのようなものなのか、よく考えてみたまえ。それは、『より良い物を、より多く手に入れる』競争原理にみずからを投げ込み、それに巻き込まれ、雁字搦めにされて、好むと好まざるとにかかわらず、一生他人と競争し続けなければならない生活のことだ。そうして、欲しくもない物をただ手に入れるためだけに、朝から晩まであくせく働いて、何のためにそうしているのか、誰も考えることすらできない。その挙句に、『甘いことを言っていては、生きていけないんだ。自分が取らなきゃ、ほかの奴に取られてしまうじゃないか』と、こうくるんだから、これではまるで自分で自分を殺すのにも等しい生活じゃないか。」

「まったくね、経済原理最優先の生活ってのは、競争原理最優先の生活のことで、その中じゃ自分以外の者はみんな敵だって、そういう生活のことですからね。そんな生活の中には、妬みや、憎しみや、不安や、恐れや、そんなもの以外、何もないんじゃないですか。そうして不安や恐れに追い立てられて、人はますます同じ原理にのめり込んで行くことになる。『これしかないんだ』と言って。」

「また、精神的な生活を第一義において生き始めたら、必ず滅びてしまうとは、いったい誰が言い出したんだ。もしそれが本当なら、ソクラテスも、ブッダも、イエス・キリストも、すべて道半ばにして餓死していなければならなかったはずだ。しかし、現実にはそうではなかった。要するに、『より良い物を、より多く手に入れる』生活ではなく、『生きてゆくのに必要な物だけ手に入れる』生活、『正しく生きることを第一義とする』生活の方を選んだって、人は十分やっていけるということだ。大衆は、死の不安や恐れに追い立てられ、少しでも多くの生活資源を手に入れることで、肉体の安全を確保しようと狂奔する。そうして彼らは、『生きてゆくのに必要な物だけ手に入れる』生活が可能だという事実には、まったく目が向かなくなってしまっている。肉体の存続を第一義とする生活は、そこまで人間の感覚を麻痺させ、人間本来の正しい生活から、人間を引き離してしまうということだ。」

「経済原理なんて、もともと弱肉強食の生存競争が、人間の世界に現象化しただけのものじゃないですか。あらゆる存在者が、お互いどうし殺し合い、食い合う、いったいこれほど恐ろしい原理がほかにありますか。この世界の中では、自分が生きるためには、自分以外の存在者の生命を奪わなければならない。つまり、『生きる』ってことと、『殺す』ってこととは、まったく同じことなんだから。それでも、自然界はそうなってるんだ、当たり前のことなんだって、誰も疑問すら抱かなくなってしまっている。感覚が麻痺するってのは、そういうことなんですかね。しかし、この経済原理ってやつは、まったくの悪魔の原理そのものですよ。『獅子も老いては犬に食われる』って、そういう世界ですからね。そんな仕組みの中にいる限り、自分だっていつかは食い殺されてしまうって、なんでそれを考えないのか。それを小銭を溜め込むことで、老後の安心が買えるなんて、彼らは本気で思ってるんですからね。」

「肉体の維持に必要な生活資源の確保は、二の次にして良い。それよりも悔いのない、正しい生き方を選ぶべきだ。それでも人間は十分生きてゆける。……これはしかし、言葉で証明するのはなかなか困難な真理だ。それでも、論証が可能であろうがなかろうが、我々はこちらの生き方を選ぶしかない。なぜなら、その生き方以外には、『生きてきて良かった』と納得できる人生を、手に入れることはできないからだ。『生きてきて良かった人生』以外の人生とは、すべて『生きてこない方が良かった人生』のことだ。この『生きていない方が良いような人生』、つまり『早く死んでしまった方が良いような人生』を送るために、エサにありつくことを最優先に生きている連中とは、いったい何なのだろうか。」

「本当にね。死んでしまった方が良いような生を、生きていた方が良いなんてことは、絶対に成り立ちませんからね。しかし、現にそんなふうに生きてる自分を、誰も疑問に思っていない。実際、この世の中では、正しい生き方、生きてきて良かったと思えるような生き方を見つけるのは、容易なことではないですからね。通常人には、そんなことは考え付くことすらできないってのが本当ですよ。狂った世で、誰も彼もが狂って生きているようなものなんだから。」

「自分の精神の、最も気高い部分が自分に何を命じているか、それを鋭敏に聞き取ることができれば、それに従って生きることもまたできるようになるだろう。まあ、結論から言えばだ、最終的には信仰にたどり着くことができるような生活が、つまり『生きてきて良かった』と思えるような生活だ。それも教会キリスト教だの、宗派仏教だのと、商売でやってる大衆相手の信仰じゃなくて、真性の信仰、つまり神が手ずからお与えになる信仰のことだが。それは、最初から（前巻から）おれが話し続けてきた通りだ。」

「『最終的には信仰にたどり着くことができるような生活』ですか。しかし、それは人間が自分で選ぶことのできるものではなく、神の予定によって定められた必然だということだったでしょう。」

「我々がこの世で与えられた使命とは、そうして救いに定められた神の子を目覚めさせ、互いに力を合わせてこの邪曲の世と戦い、最終的に勝利を得ることだと、おれはそう信じている。そのためには、この世は悪魔によって支配される邪悪の世であること、肉の生活とは、その悪魔の原理に従った邪悪な生活であること、人間は神の子としての、あるいは精神的存在者としての人格と、悪魔の子としての、あるいは動物的存在者としての人格との、二重の、しかも相反する性質を備えた存在者であること、生まれたままの人間、つまり肉の人間とは、悪魔の原理に支配された人間のことであり、そのような人間とは滅び定められた、呪われた人間を意味すること、人生の救いとは、人間の精神に蒔かれた神性の種子、つまり神の子としての人格、叡智的人格を目覚めさせ、完成させることによって、この悪魔の支配する世から離れ、神の国に至ることであること、そういった点を明らかにしなければならない。」

「その、精神的な戦いに従事するために、我々は召されたのだと。つまり、肉の生活の誤りを糾し、正しい生き方が可能であることを証明して、邪曲の世に勝利するためだと、それが我々がこの世で果たすべき使命だと、そいうわけですね。」

「その通り。それはこれから我々が論じてゆく中で、いっそう明らかになることだろう。」

絶望はなぜ人を殺すのか

「肉体の死というものは、傷害なり、病気なり、あるいは飢餓なり、様々な要因により引き起こされますが、精神の死は絶望によって引き起こされるという話でした。では、なぜ絶望は人間の心を殺すのか、なぜ死は人間に絶望状況を引き起こすのか、この点を説明するとなると、どの様なものになるでしょうか。」

「おれは以前、癌センターに入院中の患者が、よく自殺するという話を聞いて、奇異に感じたことがあるわけさ。癌にかかった以上、どうせ間もなく死ぬのに、自殺したって無意味じゃないのかってね。わざわざ自分で死ななくても、やがて癌が殺してくれるんじゃないか。だから、それまでの時間をせめて有意義に過ごすとか、死ぬことよりも生きることの方に気を遣った方がいいんじゃないのかって、そう思ったわけだ。どっちにしても、人間は誰でも、いつかは死ななければならない。みんなそれを知ってるんだから、癌ができたから自殺するってのも、おかしな話なわけだ。そんなことなら、癌ができようができまいが、さっさと自殺してしまえばいいってことになる。」

「しかし大抵の人間は、癌ができる前は、死がやってくるのはまだずいぶん先のことのように思われて、いつまででも生きられるみたいに感じてるんですよ。それが癌ができると、急に死が現実の形となって現れて、みんなどうして良いのか分からなくなる。要するに、死の準備を怠って生きてきた結果、何の心構えもできていないまま、死を迎えざるを得なくなるってことですよ。それが、絶望という形となって、本人の心にのしかかってくる。要するに、そういう人々の自殺は、自分の肉体の死を目的としたものじゃなく、むしろ死に際して、それに伴う絶望から逃れるために、精神的な死を求めたってことじゃないんですか。つまり、自分自身を殺してしまうことによって、それ以上絶望を味わわずにすまそうって、そういうことなんですよ。でもこれは救いじゃなくて、逃避ってことでしょう。だから、結局本人は絶望によって、精神的に破滅してしまったってことには、変わりはないんですけどね。」

「何をしたところで、絶望から救われる術はないみたいな感じだな。どんなに絶望から逃れようと自殺してみたところで、その自殺行為そのものが、絶望によって魂が押し潰された結果、引き起こされたものだというのなら。こうして考えてゆくと、世間一般の人間ってのは、普段は死に伴う恐怖や不安に追い立てられ、死なないでいることを最優先に生きているが、死が避けられないとなると、今度は絶望感に囚われて、却って死を望むようになるってことだ。要するに、絶望が恐怖に勝ったとき、人は自殺するってことだ。」

「そうすると、恐怖は死から逃れるようにと人を衝き動かすが、絶望は死を望むようにと人を衝き動かすと、そういう衝動の型式だってことになりますね。要するに、恐怖に追い立てられて生き、絶望に飲み込まれて死ぬと、そういうことじゃないですか。しかし、どれほど良い思いを味わったところで、最後にそんなふうに死ぬのなら、まったく無意味ですよ。だから、誰でも自分が死ぬのを知ってるんだから、若いうちからこの問題を真剣に考えなければならない。自分の一生をどのように過ごしてきたかが、人生の晩年になって現れてくるんですからね。癌ができてからじゃ、どんなに頑張ったってもう遅い。」

「しかし、絶望が人を殺すというのなら、精神的存在者として生きる者は、絶望からの救いに向かって進む者でもあるということになる。」

「でも霊に蒔く生き方、つまり自己の精神の最も気高い部分に忠実に生きることが、なぜ絶望からの救いに至る道なのか。霊に蒔く生き方っていうのは、たとえ肉体は滅びても精神は滅びないって、そういう思想を根本に置いた生き方のことでしょう。キリストも言ってるんですが、『肉を殺せても、霊を殺すことのできない者を恐れなくとも良い。むしろ、霊も肉も殺すことのできる方を恐れよ』って。これだって、そういう意味じゃないんですか。」

「絶望が人の心を殺すというのは、それじゃどのようなものなのか。絶望とは、人が希望を失ってしまった状態のことだ。そうすると、反対に人の心を生かしているのは、希望だということになるんじゃないのか。殺すのは絶望で、生かすのは希望だと、そういうことになるんじゃないのか。」

「そういうことになりますね。」

「それじゃ、希望とはいったい何だね。」

「それは、『明日になったら何かいいことがあるに違いない』とか、『これほど頑張ってきたんだから、いつかはそれが報われるだろう』とか、『悪いことばかりがいつまでも続くはずがない、いつかは事態も好転するだろう』とかいった、何か良いことを未来に思い描くっていうか、何事かを期待する感情のことでしょう。」

「実際、未来に何か良いことがあると思えばこそ、現在の苦悩も凌いでゆけるってものだからな。しかし、未来は実際にやってくるまでは、それがどんなものか分からない。つまり我々は、未来を見ることができないからこそ、そこに夢を思い描き、それを心の支えとしているということじゃないのか。」

「そうですね、あらかじめ未来が全部分かってしまっていたら、それこそ希望も何も持てなくなってしまいますね。」

「それじゃ、明日は誰にも見ることができないという事実は、人間にとって非常に重要な意味を持つってわけだ。見えないからこそ、そこに希望が持てるってことだから。」

「なるほどね、死が間近に迫った患者には、もう明日はやって来ない。彼らには、それが分かってしまった。だから、来ない明日にいくら希望を持ちたくても、もはや持つことができない。それで皆、絶望感に囚われてしまう。肉体の維持存続以外に、人生の意味を持たない者にとって、死はそのまま人生の終りですからね。特に最近は、あんたの余命はあと何か月なんて、はっきり言う医者も多くなって、患者にしてみれば『あなたにはもう未来はない』って、そう宣言されてるみたいなものですからね。」

「しかし、どれほど霊に蒔く生き方に努めてきた者であっても、死はやはり人生最大の試練であることに変わりはない。だから、肉に蒔く生き方、つまり死なないでいることを最優先に生き、死の準備を何もしてこなかった人間がだ、いきなり余命何か月なんて言われたら、やはり精神的に参ってしまうだろう。まあ、癌の告知が慎重に扱われてきたのは、そういう理由からだろうけど。最近は、体の面倒は医者が見るが、心の方は自分でなんとかしてくれって、感情の処理の方は患者自身に任せるっていうふうに、全体の傾向が向いてきたみたいだな。」

「それでも、希望が人間の心を生かすというのなら、絶望によって心が押し潰されてしまわないようになるためには、死そのものに希望が持てるようでなければならない。これは死が人生の終焉ではなく、さらにその先があると、そう思わなければできることではないですね。たとえ肉体は死んでも、なお明日は来るんだと、そう思ってれば死後に希望も持てる。しかし、肉に蒔く生き方をしてきた者には、それを信ずることができない。死を避けることを最優先に生きてきた者に、死ぬときになって、いきなり死後の生命を信じろって言われても、簡単にできはしませんからね。」

「人は一生かかって、その境地に到達できるかどうかって問題だ。みずからの死に臨んで、死そのものに希望が持てる所までたどり着かなければ、もうそれで終りだ。そんなことが一日や二日の努力で、簡単にできるようになるはずがないだろう。」

「霊に蒔く生き方ってのは、永遠の生命に到達する生き方のことであると、そういうことですね。肉体の死を乗り越え、なお存続が可能なレベルにまで、自己の精神を高めるって、それを目的とした生き方であると。それだけが、破滅から救われる生き方だということになる。」

「それがつまり、精神的自己完成ということだ。精神が十分に成熟し、もはや精神だけで生きることができるようになった状態、これ以上肉体を必要としなくなった状態にまで、到達することによって、死を乗り越えてゆくということだ。この世で到達できる最高の段階にまで、自己の精神を高めた者だけが、それ以上の段階にまで登ることができる。これは、『肉体の存在を越えた、より高次の生存の領域に移行する』とか、『より高次の生命を完成させる』とかいった表現の方が、受け入れやすいかもしれないが。」

「しかし、そういった事柄を扱うのが宗教ですからね。科学や哲学では、現象を越えた次元の真理に到達することはできない。つまり、いざとなったら、学問は何の役にも立たないってことですよ。だから、結局宗教的な真理への覚醒、つまり信仰のみが、人間を救いに導くってことじゃないんですか。ただ、それは世間一般の宗教、それこそ抹香臭いだけの、年寄りの慰めとはまったく別のものですけどね。」

「つまるところ、それは個人がどんな人間かってことで、決まってくる事柄でもある。要するに、肉の人間として生きる方を選ぶ個人か、霊の人間として生きる方を選ぶ個人か、それによって決まるってことだ。しかし、そのどちらの人間であるかは、自分で決めることができない。それは生きる過程で、本人が順番に見つけ出してゆくことだ。」

「行き着く所は、自分がどんな人間かってことで、それは自分自身で選ぶことはできないというのなら、我々はどうしたらいいんです。何もすることが、できなくなっちゃうじゃないですか。」

「鉄は鉄、銅は銅、鉛は鉛、金は金で、それぞれの本質は最初から決まっていて、自分でどうなるものでもない。我々にできることは、自分の本質を変えることじゃなくて、それを精練することだ。要するに自己の精神から不純物を取り除き、より純度の高い状態に達するため、自分を鍛練するってことだ。しかし、自分でそう思えるような人間なら、すでに正道にある者と見なしてもいいと思うが。」

「種を大地に蒔けば、種はやがて芽を伸ばし、自分の力で育ってゆく。でも、我々はそれを放っておけば良いというものではない。水を与えたり、日光に当てたり、肥料を与えたり、種が育つ手伝いをしなければならない。自己の本性を完成させるってのは、結局そういうことですよね。」

「問題は霊か肉か、種をどこに蒔くかってことで、それは本人次第だって言ってるのさ。」

なぜ道徳なのか　一

「みずからの最期に臨んで、『生きてきて良かった』と、納得できるような人生を自分自身に与えることが、すべての人の生きる目的である、……　この点で異議を唱える人間というのは、まずいないでしょう。そしてこの目的を達成するためには、精神的存在者、もしくは叡智的存在者としての自己を完成させなければならない。つまり精神的自己完成が、この目的を達成するための手段であり、同時に人生の救いに到達する道でもある、という話でした。」

「それが、おれだけじゃなくて、あらゆる時代の偉人聖賢が訴えてきたことだ。ソクラテスの哲学から、ブッダやキリストの教え、近いところではユングの個性化や、マズローの自己実現に至るまで、表現方法や用いる言葉に違いはあっても、本質的な部分において、彼らの言っていることは皆同じだ。」

「精神的に自己を完成させることが、なぜ人生の終局的な目的を達成することになるのか。それは、精神的自己完成によって、肉の存在を超えた、より高次の生存の領域に到達するためである。つまり、最終的には信仰に行き着くような生き方が、正しい生き方であると、そういうことでした。この点を、さらに明確にする必要があると思うんですが。」

「人間とは、精神的、もしくは叡智的存在者としての自己と、動物的存在者としての自己との、対立する二種類の人格が現象化したものであるとは、すでに理解できたことだ。このうちの、動物的存在者としての人間の存在目的は、ほかのあらゆる動物と同じで個体の維持と種の保存、つまり肉体の生命の維持存続にある。一方、精神的存在者としての人間の存在目的とは、肉体の生命ではなく、精神的な生命の維持存続にある。この点も、今までの議論ですでに明らかになったことだ。」

「それは、肉体的な生命と精神的な生命とは別のものである、という認識を前提としており、そこから肉に蒔く者と、霊に蒔く者との違いが生ずる。つまり、精神的に生きようとする行為を、『霊に蒔く』という言葉で表現しているわけです。この点を完全に理解するためには、精神的存在者としての人間とはどのようなものなのかを、まず理解しておかなければならない。前に、肉体は自動車で、精神は運転者だと、そんな話をしたでしょう。その運転者としての人間とは、いったい何なのかということです。」

「精神的存在者としての人間とは、一個の人間という現象から、動物的存在者としての諸特性を取り除いたものだ。『人間以外の動物には備わっていない、人間にだけ固有の、人間を人間たらしめる要素』と、捉えても良い。要するに、肉体の生命の維持存続とは無関係の要素、それ以外の目的に資するための要素、それがつまり精神的存在者としての人間を形成する要素だということになる。」

「問題は、人間以外のいかなる動物にも備わっていない、人間を人間たらしめる要素とは何か、ということですが、これはもちろん『精神的』要素のことでしょう。そうすると、向上心だとか、探求心だとか、創造性、あるいは道徳観念だとかいった心的要素がそれに当たると思いますが。」

「その中で、最も重要な意味を持つのはどれだと思う。向上心、探求心、創造性といった要素は、肉の生活の需要を満たすためにも働く。しかし、道徳観念は肉の需要ではなく、精神的な需要を満たすためにのみ働く。これは人間に備わった精神機能というより、むしろ人間特有の衝動の形式と見なすべきものだろう。要するに、肉を生かすために働く衝動が本能であり、霊を生かすために働く衝動が道徳だということだ。」

「本能が人間をある行動へと衝き動かす際、あるいは引きとどめる際、それは行為者には、『したい』または『したくない』という、欲を満たすための内的衝動として自覚される。この、欲を満たすための内的衝動のことを、『利己心』とも呼ぶのではないでしょうか。そうすると、本能的、ないしは動物的人間とは、つまり利己的人間のことだと、そういうことにもなります。一方、本能とは別に人間に備わった衝動が道徳的衝動で、それは『すべし』あるいは『すべからず』という内的な命令（当為命題）、つまり義務感として行為者には自覚される。そうすると、精神的存在者としての人間とは、道徳的存在者としての人間のことだと、そう解釈して良いということですね。」

「そういうことになる。本能的衝動にせよ、道徳的衝動にせよ、これらの衝動は行為者に対して、特定の目的の達成を命ずるものだ。それぞれの目的が成就された場合、あるいはされなかった場合、行為者には、それが快、または不快の感情として認識される。動物でも人間でも、快を追求し、不快を避けるという原理に従って、自己の行為を決定している点に変わりはない。しかし、同じ快、不快の感情であっても、人間には本能的な快、不快の感情と、理性的、もしくは道徳的な快、不快の感情との、二種類の快、不快の形式がある。また人間の心には、これらの感情の充足を達成するために働く、いわば技術的な部分があり、それは情報処理全般、つまり思考や認識をつかさどるために備わっている。これは一般に『知性』だとか、『悟性』だとか呼ばれる部分だ。向上心、探求心、創造性といった心的要素は、知性に所属するものと思って良いだろう。知性は、本能的需要を満たす際にも、道徳的命令を実行する際にも、それぞれの目的を達成するために機能する。つまり、知性は本能と道徳との、二人の主人を持っているというわけだ。」

「人生を成功させるためには、正しい生き方をしなければならない。しかし、なぜ正しい生き方をしなければならないのか、また『正しい生き方』とはどういうものなのかを理解しなければ、それができるようにはならない。だから、善悪の判断、つまり道徳的な判断がどれほどできるかということが、最も重要な課題になる。しかし、いったい善とは何か、悪とは何かという、善悪の知識となると、本当に理解できている人間ってのがどれ程いるのか、まったく分かりませんね。果たして自分の行動が、本能的衝動によるものなのか、道徳的衝動によるものなのか、理解したうえで行動している人間なんてものがいるんでしょうかね。」

「まずいないだろうな。道徳なんて概念に関心を抱くのは、やはりごく限られた者だけで、大多数の人間はあらかじめ出来上がった既成の道徳秩序の中で､何も考えずに生きているってのが本当のところだ。しかし、この既成の道徳原理というものの、途方もない欺瞞性、ひと皮剥けば精神的毒薬にも等しい危険な代物だということに、気付き始めた僅かな人々もいる。こういった少数の者は、同時に真性の道徳原理に目覚めた者でもある。そこが、彼らが自分独自の生き方を始める、いわば再生に向けた出発点ということにもなる。本人の心に蒔かれた神性の種子が目覚め、芽を延ばし始める機会が訪れたというわけだ。」

「そこの所が、よく理解できませんね。まず、既成の道徳秩序というものと、真性の道徳との違いとはどのようなものなのか、その辺を明らかにする必要がありますね。」

「学校の『道徳』の時間に何を習ったか、思い出してみたまえ。それが、『既成の道徳秩序』の、根幹を成す観念だ。」

「学校の、『道徳』の時間にですか。その時習ったことといえば、『あれはしてはいけないが、これはしても良い』、『これはしてはいけないが、あれはしても良い』とかなんとかいった事柄でしたね。例えば、人の物を勝手に持っていってはいけないとか、電車の中では年寄りに席を譲らなければならないとか、小さい子をいじめてはならないとか、鉛筆を借りたら返さなければならないとか、動物を可愛がらなければならないとか、そういったルールとはどんなものかということ、そしてそれをきちんと守らなければならないといったことでしたね。」

「幾通りかの善の類型をあらかじめ定めておいて、その枠組みに人間をはめ込むのが、学校の道徳だというわけだ。また、こういったルールを遵守して、善い行いに努めた生徒は、模範生として褒めてもらえる。違反した場合には、教師の叱責が加えられる。つまり、ルールの遵守は報酬と罰則の付加によって、保証されているということだ。善の類型の墨守と、それを保証する報酬や罰則の存在、それらによって構成されるのが、世間一般の道徳秩序というわけだ。学校における道徳教育の目的とは、そうした社会生活上のルールに従って行動できる人間を作り出すこと、つまり、社会適応性を備えた国民を生産することにある。しかし、このような仕組みによって生産された人間は、外的な快、不快の原理によって規律される、いわば他律的原理によって支配される人間ということにもなる。こういった他律的人間とは、自分の外側の押す力と引く力とによって動かされる、つまり権威に服従するだけの、主体性の欠落した人間、独自の判断力を持たぬ、画一的人間ということにもなる。」

「実際、外的なルールや罰則がなければ、何をし始めるか分からない人間なんて、いくらでもいますからね。彼らは、年寄りには席を譲らなければならないが、妊婦には譲らなくても良い、小さい子をいじめてはならないが、犬や猫ならたたいても良い、鉛筆を借りたら返さなければならないが、クレヨンは返さなくても良い、動物は可愛がらなければならないが、虫なら殺しても良い、と勝手にルールをねじ曲げ、挙句の果てに『先生はするなとは言わなかった』と、こう来るんですからね。ともかく叱られさえしなければ、何をしても良いってんだから。そういう人間を押さえ付けておくための、強権的な権威が大衆的意味における『道徳』だと、そういうことですね。」

「つまり既成の道徳というのは、制裁を賦課するための必要条件を定めたようなもので、これは人間相互の加害行動を防ぐための、保証原理みたいなものだと、そういうことになる。」

「しかし、それは他人に害を加えた者は、同じように害を加えられるという、人間が相互に加え合う害悪の均衡によって、秩序が保たれているっていう原理、同害報復原理のことでしょう。つまり、既成の道徳秩序というのは、罰則ないしは報復に対する恐れによって維持されている、他律的秩序ということになりますね。」

「そういうことだ。」

「そんなものは、社会秩序維持のための、暴力装置って呼んでもいいぐらいじゃないですか。道徳って言っても、それは特定の人間を攻撃するための、正当化の方便みたいなものなんだから。」

「一切の粉飾を取り除いて言えば、既成の道徳と、制裁もしくは罰則とは、本質的にそれが暴力であるという点において、同じものだ。ただ、その制裁を賦課される相手が、最初に社会に対して暴力を働いた人間であるため、制裁も暴力とは見なされていないというだけだ。」

「暴力とは見なされていないどころか、それは『正義』って名前で呼ばれてますよ、世間じゃ。」

「また、何者かに対して制裁を加えるためには、その制裁者は被制裁者よりも、社会階層的に上位の者でなければならない。従って、他律的道徳とは上から下への、権威主義的道徳としての性質も帯びるようになる。分かるかね、道徳が権威と結び付くことで、人間支配の道具と化すわけだ。しかし人間の社会が、そんなものを必要とするということは、社会を構成する人間の大多数が、制裁原理がなければ自己を規律できない、精神的に極めて未成熟な者によって占められている、という事実をも示している。学校の道徳を必要とするのが、小学生や中学生であったのと同様、制裁原理を必要とするのは、いつまでも小学生や中学生の精神のままでい続ける人間だということだ。」

「そうすると、ほとんどの人間というのは、自分以外の人間に対する慮りや秩序の意識からではなく、処罰されるのが怖いからおとなしくしてるだけってことじゃないですか。だから、いったん制裁原理が働かなくなれば、たちまち相互に対して狼になると、それが人間だってことですね。あるいは、特定の個人や少数者などを、集団共通の敵に仕立て上げさえすれば、どれほど彼らを攻撃しても、正当な行いということになる。その攻撃行動の正当化のために、道徳的な名目が持ち出されるっていう、そういうことですね。」

「そういうことだ。そもそも肉の人間というのは、自己保存を最優先に生きている人間のことだ。そういう人間にとっては、自己の利益獲得とその保全、拡大が何よりも重要な事柄となり、そこからより良い物をより多く手に入れようっていう、競争原理が生じてくる。またその競争原理ってのは、自分以外の人間はみんな敵だって、そういう原理のことだ。『自分が取らなければ、誰かほかの奴に取られてしまうじゃないか、負けてたまるか』ってね。そんな仕組みの中では、憎しみと憎しみ、敵意と敵意とがぶつかり合い、人々は奪い合い、盗み合って、それが当たり前の生活状態となってしまう。そういった害悪と害悪とのぶつけ合いの中で、敵対する者どうしの、お互いの力が釣り合っている間だけ、見せかけの秩序が保たれるということになる。」

「しかし、相互の力が釣り合わなくなり、バランスが崩れたりすると、それまで隠されていた人間の獣性がむき出しになると。特にそれが国家間だとか、民族間でなされる場合には、まったくえげつないほどの様相を呈することになる。」

「ボスニア・ヘルツェゴビナや、ルワンダで何が起こったかを見ろ。あの凄まじい大虐殺、無差別の略奪、破壊は誰のしたことだ。一部の狂人によって行われたものなのか。そうではなく、ごく普通の人々によって行われたことだろう。いったん歯止めが外れると、もう際限がなくなるってのが、『集団志向型人間』の特性だ。しかも、それが『民族浄化』だとかなんとかいった名目で、道徳的に正当な行為ってことにされてしまう。だいたい『民族浄化』ってのは、民族から不純物を取り除くって、そういう意味だろう。それで何万、何十万という人間が、まったく残虐な方法で殺されてしまうっていうんだから、いったい、こんな馬鹿げた話がどこにあるんだ。しかも、ボスニア・ヘルツェゴビナやルワンダが、やっと収まったと思ったら、今度は中東だ。こんなことばかりが、世界中のあちこちで起こって終わる気配もない。まったく、いい加減にしろって言いたくなってくるな。」

「ああいう、大虐殺といった形で現れるのは、一種の極端な例だと思えますが、もっと小さな事柄なら、相互の加害行動なんてどこででも、それこそ日常の生活の中でも、いくらでも起こってますからね。だいたい、他人の悪口をそこら中で言って歩くなんてのも、加害行動の一種でしょう。特定の個人を、集団共通の敵に仕立て上げてやろうとして。そんなことなら、誰でも、どこででもしている。ほかにも人間が自分以外の人間に対して、どれほど卑しい敵意を抱いているか、見る機会なんていくらでもありますからね。例えばスーパーの駐車場なんかで、空いた場所を取り合ってる連中がいるでしょう。ああいう連中の、あの悪意むき出しの顔付きときたら、まるでケダモノですからね。そんな些細な事柄で、なんであああまで醜い真似をしなければいけないのか。でも、それがまったく日常茶飯事に起こってるってんですからね。」

「人間は、常に他人に対して悪意を抱いており、機会さえあれば、誰にでもすぐに害悪を加えるようにできているってことだ。そしてそれに対抗するために、自分もまた相手に対して害悪を加えなければならない。そうして、相互に加え合う害悪と害悪との釣り合いによって、見せかけの安全が保たれている社会、それが標準的生活、普通の人間の住んでる世界だというわけだ。このような、同害報復としての制裁の付加によって、社会秩序を保とうとする原理のことを、社会学では社会統制（social control）と呼ぶ。」

「社会コントロールですか、なるほどね。物は言い様ってところですね。」

「社会コントロールには、公式なコントロールと非公式なコントロールの、二種類がある。公式なコントロールというのは、警察、検察、監獄などといった、国家あるいは州などの公的機関によって運用される制裁原理で、犯罪処罰という形でそれが行われる。国家や社会の制度が未成熟な時代には、同害報復は当事者自身によって行われていた。自分の身内の者が殺されれば、こちらからも出掛けていって、相手の身内を誰か殺すといった具合にだ。しかし、これを放置しておくと、報復が報復を呼び、最終的には当事者が根絶やしになるまで、報復の応酬が終わらないなんてことにもなる。よく西部劇なんかで、そんな話があるだろう。このような事態は重大な社会不安を引き起こし、当事者以外の社会構成員にとっても、非常に有害な影響を及ぼすこととなる。そこで公人が報復を肩代わりし、整備された法と処罰機関によって、代わりに仕返ししてやろうということになった。それが刑事司法制度であり、犯罪処罰制度だということだ。」

「それじゃ、非公式なコントロールというのは、どんなものですか。」

「制裁の賦課が公的機関によらず、社会一般によって行われる場合だ。社会的に有害な行動に対して、世間はどのように反応するかを見たまえ。有害の段階に至らない場合でも、一般通念から逸脱した行いには、非常識な行動、奇矯な行いといった烙印が押され、行為者は白い目で見られるのが常だ。それがやや高ずると、今度はあちこちで陰口を叩かれたり、忠告めかして嫌がらせの文言が囁かれたり、無言電話がかかってきたりするようになる。やがてそれが、露骨な罵声となって浴びせかけられたり、塀に落書きをされたり、飼い犬が石を投げ付けられたりといった段階にまで発展してゆく。さらには、集団による私的制裁、つまりリンチを受けるところにまで行ってしまうこともある。因襲的生活というのは、これら公式、非公式のコントロール原理によって、見せかけの平穏が保たれている生活のことだ。特に非公式な社会コントロールは、人々の日常生活に直接かつ深く関わっており、そのうえ迅速に働くので、逸脱行動を抑制するのに非常に有効に働く。普通の人間ってのは、常に他人の視線を気にして、悪口を言われるのをひどく恐れているだろう、職場でも、隣近所でも、学校でも。これはそうして世間様からお叱りを受けることが、外的な制裁原理として働いており、彼らは常にそれによってコントロールされているということだ。」

「なるほどね、そう言えばそうですね。だいたい通常人が自分の行動を決定するにしたって、それが正しいことだからするっていうより、『これだけはしておかないと、何を言われるか分からないから』だとか、『自分だけが違うことをすると、変に思う人もいるから』だとか、『どこで、何を言って歩かれてるか分からないから』だとかいった理由で、決めてますからね。要するに、自分自身の意思というより、他人の顔色を窺って、つまり世間の批判を恐れたり、変な噂の種になるのを恐れて、決めているって場合がほとんどですからね。」

「悪評の流布だの、ネガティブな烙印付けだのが、その場合の制裁として働いているというわけだ。大方の人間は、このような外的なコントロール原理に、ほとんど無意識に支配され、『自分の行いによって、最終的に望ましい結果が得られるだろうか』とか、『きちんと自分の行動に責任を持つことができるだろうか』とかいったこと、つまり『すべきか、すべきでないか』の命題を、主体的に判断しようとはしない。」

「世間の思惑や、他人の視線に支配されている他律的、隷属的な人間が、世人の大多数を占めているということになります。でも、そのように外的制裁によって、人間に特定の行動を取らせるような原理を、『道徳』と呼ぶのはおかしいんじゃないですか。」

「その通り。社会コントロールは社会コントロールであって、道徳ではない。道徳は社会秩序維持のための、制裁原理ではないからだ。それが一般世間では、道徳の代替物として罷り通っているというわけだ。また、なぜそんなものが道徳の代替物となっているのかといえば、通常人には真性の道徳原理というものが、まったく働いていないからだ。」

「真性の道徳というのは、飽くまでも『すべし、すべからず』という、内的命令に従う自律原理を意味し、制裁によって外部から強要される他律原理のことではない。そのような道徳は、善を志向するものではなく、善を装ってみせるだけの欺瞞であると。現にその道徳原理に従っている限り、どんなに腹黒い外道でも善人で通ってゆくし、どんな汚いことをしようが処罰もされない。それどころか、臓腑(はらわた)の芯まで腐った奴が、市民の模範みたいな顔をして、一番高い所で踏ん反り返ってるってのが現実ですからね。臭い猿芝居で点数稼いで、小手先の要領で世の勢いに乗って、要するに処罰さえ免れればそれで終わってゆくんだから。この結果、上手に悪いことをする奴が、一番得で賢い奴だということになってしまう。既成の道徳原理が精神的毒薬だというのは、結局そういうことでしょう。」

「まったくその通り。社会規制原理としての道徳は道徳ではなく、悪に対して釣り合いを保つための悪、つまり必要悪であって、真性の道徳原理のように善を志向するものではない。そして、その行き着く所は、ただの便宜にほかならない。だから、そんなものにどれほど忠実に従ったからといって、良い人、正しい人ということにはならない。」

「既成の道徳秩序の欺瞞性は、これまでの議論でよく理解できました。それじゃ、善を実践するよう人間を衝き動かす内的原理、真性の道徳原理とはどのようなものなのか。この道徳は、罰則の付加によって外部から強要されるものではなく、飽くまでも人間個人の内的原理だということですが、この点をどう理解すべきでしょうか。」

「社会秩序維持のための権威主義的道徳が、人間を支配するための他律原理であるのに対して、真性の道徳とは、人間が自分自身を統御するための、自律原理だということだ。これは要するに、子供の道徳と大人の道徳との違いだ。子供は大人の監督下にあって、何をするにも大人から指図され、ことあるごとに褒められたり、叱られたりしなければならない。そうでなければ、連中は何をし始めるか分からないからだ。しかし、成長するにつれて、自分で自分の行為の是非善悪を判断できるようになり、大人の監督を必要としなくなる。つまり精神的、道徳的に成長することによって、外部からの強制を必要としなくなるということ、道徳が他律原理から自律原理へ移行するということだ。」

「精神的にいつまでも子供でい続ける者は、外的強制の支配下にあり続ける者で、彼らにとっては社会規範に適応することが最も重要な課題となると。それに対して、それ以上の精神的段階に成長する能力を持った少数の者は、より高次の道徳原理、つまり自律原理としての道徳を獲得することができる。そして、それによって、世俗の権威主義的道徳、外的強制の軛から解放されると。個人の精神的成長によって、道徳が外的、社会的な規律原理から内的、個人的な規律原理へと、移行してゆくということですね。つまり、『精神的成長』とは、『道徳的成長』を意味するというわけで。これは非常に重大なポイントですね。しかし道徳の目的が、自分の行動を自分で制御するというだけでは、説明が付かないような気がしますね。何と言うか、人間には本性的に、善を志向する資質が備わっているように思えますからね。ただ人間相互の加害行動を防止するのが道徳の目的というのでは、何か極めて重要な点が欠けているように思えますね。」

「まさにその通り。それが、少数者の道徳が少数者の道徳たる所以だ。少数者の道徳とは、単に行動の規律原理を意味するものではない。つまり『善』そのものを追求し、達成しようとするのが、少数者の道徳だということだ。人間は本性的に善を志向し、善を希求する。もともと人間は、そういうふうにできているんだ。しかし、いったい人間には、なぜ『善』が必要なのか。『善』とは、いったい何なのか。」

「『善』とは、『すべきことをし、すべきでないことをしない』ことであり、『悪』とは『すべきことをせず、すべきでないことをする』ことですよ。こういった行動は、個人が自分自身の『すべし、すべからず』の内的命令に従い、あるいは違背した結果、生ずるものでしょう。つまり、自律的人格というのは、自己の道徳的命令に従うことのできる善的人格のことであり、他律的人格とは、それができないで外的権威に押さえ付けられていなければならない悪的人格のことだと。」

「行為の善悪というのは、つまるところ行為者の基本的な性格の発露であり、個人の人格の如何によって決まる。しかし注目すべき点は、精神的な成長が非常に低い段階にとどまり、自己に備わった道徳原理に従うことができない者でも、やはり善を志向するという点に変わりはない、ということだ。」

「『善人は良い蔵から良い物を取り出し、悪人は悪い蔵から悪い物を取り出す』と。それでも、どんな悪人であっても、『悪の方が、善よりも良い』と、思ったりはしない。彼らは自分の悪を知りながら、なお悪を行っているわけで、要するにどんなに善を行いたいと思っても、悪しかできない人間だってことですよ。でも、そんな人間でも、本性的には善を志向していることに変わりはない。」

「人間は誰であろうと、たとえその人が本質的に悪人であろうとも、なお善を志向する。なぜなら『善』、すなわち『正しい』という意識とは、肯定の意識のことであり、『悪』、すなわち『間違っている』という意識とは、否定の意識のことだからだ。従って、自分自身の内的な道徳原理に従った行動とは、『自分は正しい』という、自己肯定の意識に適った行動ということになる。またそれに逆らう行動とは、『自分は間違っている』という、自己否定の意識を引き起こす行動ということになる。」

「なるほどね。そう考えてゆくと、なぜ人間は善を志向するのか理解できますね。誰だって自分の存在の根幹を、否定するわけにはいきませんからね。自分で自分を肯定できないとなると、自分という人間そのものの存在すら、なくなってしまうってことで。そうすると、意図的に悪いことをする奴ってのは、自分の存在を自分で否定している奴ってことになりますね。そういう人種は、この肯定と否定の内的な機能が完全に麻痺しているか、あるいはそれ以外の要因の方が強く働いているか、あるいは自分が何をしているのか、まったく理解できていないかの、どれかってことですね。自分で自分を否定するなんてのは、精神的に自殺するようなものですからね。」

「自己肯定の意識とは、自己の人格を存在に値する、価値あるものと見なす意識のことで、自己肯定の意識の欠如とは、自己の人格が存在に値しない、無価値なものと見なす意識のことだ。それではなぜ道徳が、精神的生命の維持存続に必要なのか。それは、人間が精神的に生き延びるためには、精神的存在者としての自己が、存在に値するだけの、価値ある自己と思えなければならないからだ。そして、その精神的な存在価値とは、『私は正しい』という自己肯定の意識にほかならないからだ。」

「なるほどね、道徳が人間の存在に必要不可欠だというのは、それが精神的存在者としての人間に、存在に値するだけの価値を与えるからだと、そういうことですね。道徳的な価値、すなわち自己肯定の意識を持ち合わせる者とは、自分の存在が価値あるものと思うことができる者でもある。彼らはそれによって、自分自身の存在に希望を持つことができる。しかし、自己肯定の意識を持ち合わせない者は、自分の存在が価値あるものと思うことのできない者で、彼らは自分の存在に何の希望も持つことができない。そういう人間は、慢性的な絶望状態に置かれているのも同じだと、そういうことですね。」

「それでも、連中は自分の置かれている絶望状態に、全く気付いてすらいない。彼らを悪に衝き動かしているのは肉的な生存原理、つまり本能的衝動であって、これは動物的存在者としての生命の維持存続のために働く機能だ。また肉的生命の維持存続機能とは、個体の維持と種の保存に必要な諸種の利益を獲得するための衝動、平たく言えば欲を満たそうとする意思のことだ。だから肉的人間というのは、欲を満たすことが人生の最優先事項で、それが幸福になることだと思っている。このため彼らは、それ以外の事柄にはまったく関心が向かない。彼らは自分の行いが、自分の精神の最も気高い部分の命令に適ったものであるかどうかなどと、考えることすら知らない。彼らにとっての道徳とは、世間様から押しつけられた権威主義的、他律的道徳でしかなく、彼らは世間からの叱責を受けさえしなければ、それで正しいことだと思っている、『私は泥棒も、人殺しもしたことがないし、刑務所にも入ったことがない。だから私は正しい人間なんだ』と。」

「しかし、そうして肉の生命の維持存続、つまり『肉に蒔く』ことを最優先に生きる結果、彼らには精神的な生命を維持するための糧は、全く得られないまま終わってしまう。要するに自分の存在を肯定できるだけの、『正しい』という認識を築き上げることなく、人生を終えることになってしまう。これは人生に絶望の種を蒔くのと同じことで、それが最終的に『滅びを刈り取る』という結末となって、現れてくると。」

「叡智的存在者としての自己の人格を完成させることによって、そうした精神的な破滅から救われようとするのが少数者の道徳、あるいは『希求切望の道徳』と称されるものだ。人生の終局的な目的とは、精神的自己完成にある。そのための手段が、この『希求切望の道徳』だというわけだ。この原理を人類で一番最初に発見したのが、かの大哲人ソクラテスだ。彼は当時のアテナイの人々と盛んに論じあって、自分の発見した道徳原理を世に広め、彼らを啓蒙しようと努めた、それが天から自分に与えられた使命だと信じて。ところが、この『少数者の道徳』は、世俗の権威主義的道徳に真っ向から逆らう道徳であったため、一部の人間の反発を買い、彼は謀略によって死刑にされてしまった。」

「そのソクラテスを陥れた連中ってのが、権威主義的道徳を自己の悪を隠蔽し、善を仮装するための手段として用いている、例の人種だったということですね。」

「ただ世間の仕来りだとか、一般的な社会生活上のルールに従うだけの因襲的生活には、なんら自己肯定の基盤となるべき価値は見出せない。一部の人間はこの焦燥感から、社会的成功者となって世の賞賛を獲得することで、自己の渇望を満たそうとする。しかし、その方法によっては、なるほど世間様から褒めてはもらえるかもしれないが、『私は正しい』という、自己肯定の意識は得られない。またそういった人種は、世間様の賞賛を獲得するために、外見を取り繕う手管だけを病的なほど肥大させ、そうすることで本人もまた自分が賞賛されるべき人間だと思い込もうとする。その結果、彼らの心中には自己欺瞞ばかりが肥え太り、本来の自己認識はどこかへ行ってしまう。」

「ソクラテスは、そういった偽善者どもを相手に議論を挑み、連中をけちょんけちょんに言い負かして、化けの皮をひっぺがしたというわけで。その結果ソクラテスは、上流世間の先生方から、大変な恨みを買うこととなった。」

「ただ飲んで、食って、寝るというだけの生活、つまり肉の生命の維持存続しかない生活には、誰もが飽き足らないと感ずる。それだけでは人間として、余りにも虚しすぎるからだ。しかし、金持ちだの、権力者だの、大学者だのといった社会的成功者になることによって、その飢餓感や焦燥感を埋め合わせようとするのは、いま述べた理由から誤ったやり方だ。ただ『希求切望の道徳』だけが、人間をその存在の無価値から救い得るものだ、ソクラテスが訴えたのは、要するにそういうことだった。」

「何て言うか、『お前はまだなるべき者になっていない、全力を挙げてなるべき者になれ』という、内なる声が自分を衝き動かすって言いますか、これは理屈抜きに自分の心の中から込み上げてくる意識ですからね。これは『向上心』と呼ぶべきものかもしれませんけど、人間には自己完成を希求する心情が、もともと備わっているように思えますね。」

「人間が先験的（ア・プリオリ）な知識として備えている理想概念、つまり理念と、現実の自分自身との格差が、心的な痛みとして感ぜられる。それが内なる叱責の声、『お前はまだなるべき者になっていない、全力を挙げてなるべき者になれ』として、聞こえてくるというわけだ。もっとも、大多数の人間には、果たしてこの声が聞こえているのかどうか、非常に疑わしいがね。連中には、ただ『胃袋と股ぐらの欲を満たせ』って、下半身の需要を満たすための命令しか、聞こえていないんじゃないのかって、そう思えてくるけどね。」

「本当にね。ただ飲んで、食って、寝るだけの人生に、何の疑問も抱かない人間なんてものが、実際いるのかって思えますけどね。それ以上の生き方に関心を持ち、本気でそれに取り組もうとする人間なんてものには、まずお目にかかることがないですからね。下劣極まりない、世俗の競争にうつつを抜かす奴なら、腐るほどいるけど。こうして見ると、この『希求切望の道徳』というのは、まったくの少数者の中の少数者のための道徳原理だと、そう言うことができますね。」

「さて、ただ同害報復原理が道徳に仮装されただけの、大衆の道徳しか持たなかった人類に、ソクラテスは『希求切望の道徳』という、それ以上の道徳原理をもたらした。これによって人類は、『精神的自己完成』という、人生の終局的な目的を持つことが可能になったわけだ。」

「まあ、人類と言っても、こんな高邁な思想を受け入れることができたのは、その中のほんの一部に過ぎなかったんでしょうけどね、何度も言うけど。」

「それから四百年ほどして、中近東のイスラエルにイエス・キリストが現れた。当時、ローマ帝国の信託統治領だったイスラエルにだ。その頃のイスラエルでは、『律法主義』といって、旧約聖書の『出エジプト記』

だの、『申命記』だのといった、いわゆるモーセ五書を基にした、子細極まりない規則に基づく生活が、人々を支配していた。律法主義とは、何をするにも戒律に定められた通りでなければ許されず、いかなる戒律違反も厳罰で裁かれずにはすまされないという、文字通り雁字搦めの規則遵奉主義だった。このイスラエルの律法は、ほかの古代国家の規範と比べても、最も完成度の高い法体系だと言われている。その有効性は、現代に至ってなお、ユダヤ民族に受け継がれているという事実からも、明らかだ。」

「権威主義道徳の極致って言いますか、人間のあらゆる生活行動が外的な規範によって規定され、一切の逸脱も許されないってほどの代物ですからね、ユダヤの律法ってのは。しかし、外的規範ってのは『見つかりさえしなけりゃ、処罰もされない』って、都合の良い一面もあるから、外側だけ上手に作り上げてさえいれば、それで終わってしまうこともある。結局、そこから偽善が起こってくるわけで。イエス・キリストが当時のパリサイ人を攻撃したのも、まさにこの理由からですからね。」

「イエス・キリストは、『私は、律法を廃するためではなく、成就するために来た』と言って、宣教を行った。この場合の『律法を成就する』というのは、内的な道徳的人格を確立することによって、外的な規範を必要としないレベルにまで、人間の精神を高めるという意味だ。これによって、人々はもはや外的規範などなくても、それがあるのと同じように振る舞うことができるようになる。この結果、律法はもはや必要ではなくなるということだ。要するに人間の精神的自己完成によって、他律的道徳原理からの解放を目指すということで、ソクラテスの希求切望の道徳と、根本的には同じ原理を説いているわけだ。ただ、キリストの教えの場合には、道徳的人格の完成によって人は自己の罪を浄化し、神の前に赦される者となって、天の国に招かれるという、人生の救いに至る道であるという点が強調されている。要するに、道徳的自己完成こそが人を救いに招く、天国へ至る道だというわけだ。」

「モーセの律法の場合、道徳とは、人間が律法を遵守する限り、神は彼らに対して恵みを施すという、神とユダヤの民との間で結ばれた、相互債務契約みたいな関係を意味しているわけです。しかしこれは、飽くまでも肉の生活を前提とした法であって、キリストの教えのような魂の救済を目的とするものではない。つまりキリストの来臨によって、道徳原理が飛躍的に前進した、と言えるのではないでしょうか。」

「モーセの律法とキリストの教え、旧約聖書における道徳原理と新約聖書における道徳原理、この極めて対照的な図式が意味するものは何か。これは強権的な道徳原理によって、外部から押さえ付けていなければならなかった人類、別の言い方をすれば動物原理に隷属したままの人類、あるいは『肉に蒔く』以上の生活原理を持たなかった人類の中に、生涯を通じた精神生活上の指針を持つことのできる、つまり動物原理以上の生活原理を持つことのできる人類、『霊に蒔く』生活を送ることのできる人類が現れてきた、ということだ。キリストは、ちょうどその時期に当たって、律法主義、すなわち強権的、他律的道徳原理の欺瞞を暴き、真性の道徳原理を世に示して、神の子たる人々を救いに導くという使命を帯びて来臨した。これらはすべて、神の予定に従って引き起こされた必然ということができる。神は天地創造の時より、その時のためにすべてを準備してこられた。つまり、真の意味における自己の似姿、神の子たる人々が地上に現れてくるのを、待っておられたというわけだ。」

「そうして、満を持してキリストが送られて来たってことですね。しかし、『肉に蒔く』人間ってのは、キリスト来臨から二千年以上も経った今でも、相変わらず大勢いますよ。大勢どころか、ほとんどすべての人間がそうだってんですからね。つまり、いくらキリストが霊の生活を説いたところで、肉の生活しか送れない人間は、そのまま残っているってことでしょう。こうしてみると、旧約から新約への移行というのは、肉の人間の中から神の子たる人々を選び出すための、選別プロセスだったということじゃないんですか。すべての人間が救われるために、キリストが送られてきたわけじゃなくて、飽くまでも選ばれた少数者を招くために送られてきたんだと、そういうことですよ。」

「それはキリスト本人が、何度も言っていることだ、『羊は羊飼いの声を聞き分ける』と。以前話しただろう、人間がこの世に生まれてくるのは幸福になるためではなく、裁かれるためであると。我々は誰であろうとすべて罪の塊の、不浄の存在者であって、神の国の住民たるにはふさわしくない。むしろこの、悪魔の支配する地上に投げ込まれ、ここで滅ぼされるのが当然の、呪われた存在者だということだ。しかしその中にも、救いに値する例外的な少数者が含まれており、彼らは神の予定に従って世から選び出され、神の国に至る導きが与えられる。キリストの使命というのは、そうした神の子としての資格を備えた少数者を招いて、正路に導くことだったわけだ。だから、当然『肉に蒔く』以外に何もないような大衆など、最初から対象のうちに入ってはいなかった。」

「ここで一度、今まで話してきたことを、振り返ってみましょう。今回は、『道徳』という概念が何を意味するものかについて、既成の道徳と真性の道徳との対比を行うという形で、検討してきました。既成の道徳とは、我々が学校の『道徳』の時間に習ったような道徳、つまりあらかじめ定められた善の類型に人々を当てはめ、罰則の付加によってその遵守を保証するような道徳を意味するものでした。これは名称は道徳とはいえ、その本質においては同害報復原理、すなわち人間が相互に加え合う害悪の均衡によって社会秩序を維持しようとする、コントロール原理を意味するものです。従って、人がどれほど熱心にそれを守ったところで、社会からのお褒めに与ることはできるかもしれないが、その人が正しい人ということにはならない。むしろ、欺瞞が深まる結果となるだけです。一方、真性の道徳、あるいは『希求切望の道徳』と呼ばれる、ソクラテスが最初に発見した道徳原理は、善の達成そのものを目的に置いたものでした。『善』というのは、人間の心に備わった、『すべし、すべからず』の内的命令に従った結果、達成される精神的な価値を意味し、外的な制裁原理、社会コントロールによっては達成され得ないものです。またその目的とは、社会秩序の維持にあるのではなく、飽くまでも精神的存在者としての個人に、自己肯定の基盤を与えるためだということでした。ここに至って、そのような善的人格の完成こそが、人生の終局的な目的であるという、『精神的自己完成』の思想が明確にされました。道徳原理が、大衆の道徳から少数者の道徳へ、他律的道徳から自律的道徳へと、前進したというわけです。これは『子供の道徳』から『大人の道徳』への移行をも意味し、人間の精神的成長とは道徳的成長のことである、という真理が明らかになりました。」

「どれほどこの世のお宝を手に入れ、世俗の幸福を味わったところで、自分自身の目にそれが肯定できないようでは、別の言い方をすれば、自分自身の存在に何の価値も与えることができないようでは、何のための幸福か分からない。自分自身を自分のものとせずして、何ものも自分のものとはならない、ということだ。それはただ、自己の内部に自己肯定の基盤を確立することによって、初めて獲得される。それが、何ゆえ『道徳』なる概念が、個人の人生にそれ程の重要性を帯びるのか、という問いへの答えだ。」

「ところが、そのような『少数者の道徳』は、既成の道徳原理とは相容れず、その欺瞞を暴くものであったため、それを都合よく利用していた階層からの敵意を招くこととなりました。ソクラテスはこのため、犯罪者の汚名を着せられ、死刑にされてしまいました。大衆と少数者との敵対関係は、ここから始まったと思って良いのではないでしょうか。つまり、大衆は少数者に対して、身を守らずにいられない、その存在の無価値から目を背け続けるためには、少数者を視界から取り除く以外に術はない、ということです。そうして、ソクラテスの死後四百年ほどして、イエス・キリストが現れ、『肉に蒔く』生活の罪と、『霊に蒔く』生活による救いを訴えました。キリストの教えは、人は善的人格の完成によって罪を赦され、神の国に招かれるという、救済への道を開くものでした。これは、ソクラテスに始まった『希求切望』の道徳原理が、肉の生存を超えた、さらに高次の生存原理、霊的生存へと、人間を導く道であることを示すものでした。しかし、キリストもまた当時の権力者たちによって犯罪者に仕立て上げられ、死刑にされてしまいました。」

「大衆と少数者との、二千年以上に及ぶ伝統的な対立関係の中に、我々もまた置かれているというわけだ。この世に生を受けて、自分の人生をなんとしても成功させたいと望む者なら、この戦いを避けて通ることはできない。しかしこれは、肉に蒔く者と霊に蒔く者との対立というより、地上の原理と天上の原理との対立と呼んだ方が、むしろ適切だろう。我々の敵は肉の人間ではなく、その背後にあって彼らを操っている、邪悪な霊力の方だ。この呪われた地上を支配するのは、弱肉強食、適者生存の闘争原理、すなわち悪魔の原理であり、その中にあっては万物が殺し合い、食い合う、地獄の様が繰り広げられている。そのような世界に、『善』の達成を究極目的とする原理、道徳原理なるものが、なぜ存在するのか。道徳原理ほど、この地上に不似合いなものはないにもかかわらず、なぜそれが最も重要な意味を持つのか。それは、道徳原理こそが悪魔の原理を打ち破り、さらに高次の生存に我々を導く、唯一の救済原理であるからだ。こういった点が、これまでの議論によって、次第に分かってきたのではないだろうか。」

「なぜこの世というものが、我々のような人間を憎み、こうまで執拗に攻撃を仕掛けてくるのかということもね。今回の議論によって、道徳というものが人に自己肯定の基盤を与える原理であること、それによって人は救済に導かれるものであるということ、そういった思想が明らかにされました。しかし、キリストの言う『救い』とは何か、道徳と救済原理との間にはどのような関係があるのか、といった点はまだ曖昧さを残しています。この点で、さらに検討が必要だと思いますが。」

「では、この次はそういったことを話してみることにしよう。」

なぜ道徳なのか　二

「これまでの議論によって、真性の道徳とは、個人の心中に自己肯定の基盤を確立するために、人間に備わった機能であり、それを完成させることが人生の終局的な目的である、という思想が明らかになりました。最初にそれを発見したのはソクラテスで、これは『希求切望の道徳』と呼ばれています。イエス・キリストは、この原理こそが人間を霊的な救いに導く道であると説き、真性の道徳による魂の救済を訴えました。それでも、人間の精神に備わった道徳原理、つまり『すべし、すべからず』と我々に内的命令を下す原理とは、どのような心的要素の働きによるもので、どこからこの衝動は起こってくるのでしょうか。また、それがなぜイエス・キリストの言う救済に結び付くのでしょうか。これらの点について、さらに検討する必要がある、というのがこの前話し合ったことです。」

「道徳の基礎とは何か、なぜ道徳が人間を救うのか、というふたつの問いを、今君は提示した。この二点を論ずるに当たり、学校の道徳にもう一度目を向けてみる必要があるだろう。『年寄りには、席を譲らなければいけない』とか、『動物を苛めてはいけない』とか、『借りたものは返さなければいけない』とかいった、あらかじめ定められた善の類型に人間を当てはめようとするのが、学校の道徳だった。これらの徳目に共通する性質とは何か。ひとことで言えば、『善』の本質とは何かってことだ。」

「それは、自分以外の者に対して、親切で思いやりのある態度を取れという、言ってみれば自分以外の存在者を、自分と同じように大切にしろって、そういう原理でしょう。自分自身をどんなに大切にしたって、ほかの者をないがしろにするようでは、そんな人は善人とは言えませんからね。」

「そうすると道徳原理というのは、自己以外の存在者と自己の間の格差をなくす原理だと、そういうことか。」

「そういう言い方もできるかも知れませんね。しかし真性の道徳とは、学校の道徳のような社会秩序維持のための制裁原理とは、別のものでなければならない。報酬や罰則によって誘導された善は、善は善でも『偽』の付く善の方ですからね。学校の道徳っていうのは、人間を偽善者に作り上げるための方策のことで、真性の道徳とは似ても似つかぬ代物ですね。善は善として追求されるべきものであり、その本質とは、今言った思いやりだとか、親切だとかいった、自分以外の相手を自分と同じように大切にしようとする、そういう性質のものだと思いますね。」

「なるほどね。ところで君は、『アルトゥルイスティック（altruistic）』って言葉を知っているか。」

「アルトゥ……、何ですか。」

「アルトゥルイスティック。」

「『アルトゥルイスティック』ですか、知りませんね。」

「ならば『エゴイスティック』って言葉は、知っているか。」

「それなら知ってますよ。『エゴイスティック』ってのは、自分以外の存在者のことなんか何も考えない、がりがりの利己主義的な考えや、行動や、人間を表現する言葉ですよ。『エゴイズム』、つまり『利己主義』の形容詞でしょう。」

「『アルトゥルイスティック』ってのは、その反対を意味する言葉だ。要するに『利他的な』という意味の形容詞だが、『エゴイスティック』に比べて、知っている日本人は少ない。『道徳』という概念は、その本質において『アルトゥルイスティック』、つまり利他的な性質を示す概念と捉えるべきだろう。自分自身の利益のためにならば、他人の迷惑をかえりみず何でもする連中を、『道徳的な人』とは誰も呼ばない。そういう連中は、却って『利己的な人間』、『自己中心的な人間』と呼ばれて、軽蔑されるのが常だ。それに対して、自分以外の者のために誠心誠意尽くす人間は、『徳の高い人』と呼ばれる。こうしてみると、『自分以外の存在者の福利のために行動せよ』、そう命ずるのが道徳だというわけだ。人間に内在された道徳原理とは、この利他的心情のことであって、利他心が利己心よりも強く働く場合に、それは道徳的行動となって外部に現れることとなる。」

「これは非常に重要なポイントですね。道徳とは、その本質において『利他』である、こういう説明は今までなされたことがありませんね。つまり『良い行い』とは、『利他的な行い』のことであると。しかもそれが、自発的になされた場合でなければならない。学校の道徳のような、『見せる』ための善行は、行き着く所は賞賛にありつくための利己的行為であって、真の道徳的行為とは呼べない。しかし、利他心が利己心よりも強く働くというのは、どのような仕組みで起こるのでしょう。」

「人間を含めたあらゆる存在者は、快を追い、不快を避けるという行動原理に従って生存しているというのは、すでに話した通りだ。学校の道徳、既存の道徳原理では、それが外的な報酬や罰則の賦与という形で現れている。つまり、人間に快、不快の感情を引き起こす要因が、外部から与えられる報酬であり、また罰則であるということだ。真性の道徳原理の場合、その快、不快の感情を引き起こす要因が、外的な報酬や罰則ではなく、内在的な心的要素でなければならない。」

「要するに、人間はどのような時に、自分以外の存在者を自分と同じように、大切にしようとするのかってことですね。何が人間を、そういった利他的行動へと衝き動かすのか、それが道徳の基礎ということになる。」

「ショウペンハウエルは、その論文『道徳の基礎について』で、それは同情心だと述べている。自分以外の存在者の痛みを、自分自身の痛みと捉える同苦の念、それが同情心で、人が何らかの利他的行動をとる場合は、この同情心に衝き動かされてそうするというわけだ。つまり、同情心によって利己と利他とが一致することとなり、他人に尽くすことがそのまま自分自身の益にもなるということだ。」

「他人の痛みが、同苦の念によって自分の痛みと化せば、それを取り除こうとするのは、利己でありながら利他でもあると。事実、人が同情心から動く場合、自分の損得とは関係なくそうしますからね。そうして人は、自分にとって不利益となるようなことでも、みずから喜んでするようになる。」

「同情心が道徳的、すなわち利他的心情の根幹をなす、これは決定的なポイントだ。憐憫、慈悲などの心情も、終局的には同情に行き着くものだろう。一方、悔恨の情だとか、慚愧の念、罪の意識なども、本能とは無関係に人間を動かす、あるいは抑制する衝動として働く。また、劣等な習性の奴隷と成り果てぬよう、自己を規律する原理としては、廉恥の情などが備わっている。これらの感情が、本能とは別の『快、不快』の衝動を引き起こす、道徳的心情と呼べるものだろう。こういった道徳原理が働いて、人間に『すべし、すべからず』という、内的命令が引き起こされるということだ。」

「同情、憐憫、慈悲、悔恨、慚愧、廉恥といった感情は、確かに道徳的感情と呼べるものですね。また、これらは動物には備わっていない感情で、人間を人間たらしめると言うか、人間に備わった最も気高い精神的要素でしょう。何と言っても、利他的行動というのは、『自分以外の者のために血を流す』自己犠牲的行動のことですからね。また、同情や慈悲心から行った行為は、自分の利益とは結び付かないから、行為者が大きな満足を味わうことはない。しかし、悔恨や慙愧の責め苦を免れることができます。それから廉恥の感情は、自分自身の卑しい心や行いを恥ずることで、廉潔な精神を保とうとするものでしょう。劣等な習性の奴隷と成り果てぬよう自己を規律する、克己的な人格の基礎ともなります。こうして見ると、道徳的な行為は外的な罰則の代わりに、悔恨、慙愧、廉恥といった、内的な痛みを引き起こす心情によって保証されている、と言うことができるのではないでしょうか。」

「道徳の基礎とは何か、という問いの答えはこれで得られたのではないか。つまり、同情、憐憫、慈悲、悔恨、慙愧、廉恥といった感情が道徳の、学校の道徳ではなく真性の道徳の、基礎をなしているということだ。さて、『道徳的な行為は外的な罰則の代わりに、悔恨、慙愧、廉恥といった、内的な痛みを引き起こす心情によって、保証されている』と君は言った。この内的な痛みというのは、『しなければ良かった』、『ちゃんとしておけば良かった』、あるいは『こんな自分が恥ずかしい』といったような意識となって、自覚される思いのことだろう。また道徳的行動の報酬というのは、これらの意識を味わわずにすむこと、平たく言えば『後悔せずにすむ』ってことになる。」

「そういうことですね。要するに、悔恨というのは、自分の存在の無価値の認識を引き起こす感情だからだと、以前話し合った通りで。どれほど良い思いをしたところで、後になってから後悔するようなら、却って不幸になるのと同じですからね。」

「ここで廉恥の情以外の、もうひとつの恥の意識、つまり羞恥についても考えてみよう。人間には廉恥と羞恥の、二種類の恥の意識が備わっている。廉恥とは、今まで論じてきた通り、『卑しい自分が恥ずかしい』といった、自己の愚かさを悔やむ内的な恥の意識のことだ。これに対して羞恥というのは、『何を言って歩かれてるか分からない』とか、『変な目で見られるのは嫌だ』とかいった、他人の顔色を気に病む怯惰な意識のことだ。これは他人の存在を前提として働く、外的な恥の意識だ。他人の顔色というのは、すでに論じた通り外的な行動規律原理、すなわち社会コントロールの一種であり、大衆の道徳においては極めて重大な意味を持っている。日本の社会では、この他人の顔色を窺って自分の行動を決定する、羞恥による統制原理が極めて強く作用し、個人の自己規律原理、自律的道徳は発達しにくい状況にある。要するに日和見的で、集団志向型の道徳が、この日本国々民の大多数を治めているということだ。」

「日本の社会は、一見したところ非常に秩序の整った、よくまとまった社会のように見えるけど、それは実のところ見せかけだけのものですからね。みんな他人の目を気にしておとなしくしているだけで、肝腎の個人の道徳レベルとなると、ハッキリ言ってかなり低い。人が見ていなければ、あるいは集団でなら、何をし始めるか分からないような連中が、結構大勢いますからね。しかし、そうして外面を取り繕う技術だけが恐ろしく発達している文化、ベネディクトのいう『恥の文化』ってのは、欺瞞を基盤に成り立つ幻影みたいなものじゃないかって、思えてきますね。」

「さて、道徳の基礎である、同情、憐憫、慈悲といった感情は、すべて『自分以外の存在者の福利に資する』

よう行為者を促す、利他的性質のものだということが理解できた。一方、道徳が人間に精神的な自己肯定の基盤を与える、つまり『道徳は人間の精神的存続を全うするための機能である』ということでもあった。こうして見ると、道徳の本質が利他的心情にあり、それが人間の精神的生存原理だというのなら、『人間は利他心の要請を叶えることで、精神的に存続することができる』と、言えるのではないか。」

「自己肯定の基盤となる意識とは利他心である、利他心こそが人間に精神的生存を許すものであると、これもまた、非常に重要なポイントですね。」

「だから悔恨、慙愧、廉恥などは、利己心が利他心に勝ったときに生ずる、自己否定的な感情ということになる。他者を侵害したときに生ずる、どうにもならぬ悔恨、慙愧、罪の意識は、自分という人間の存在の無価値を、本人に思い知らせるものだからだ。しかし、この場合の自己否定というのは、『滅我』つまり利己心の滅却した状態を意味するのではなく、飽くまでも自分の無価値の認識のことだが。」

「そういった感情が健全に働くことによって、人間は自分自身をコントロールすることができるようになる。つまり人は自律的人格を作り上げることで、自分自身の支配者となることができ、外的な権威主義的道徳から自己を解放することができる。他律的道徳原理からの解放は、自律的道徳原理の獲得によってなされる、ということでした。一方、自分で自分が支配できない人間は、いつまでも外的権威に、つまり罰則と報酬とから出来上がった、権威主義的道徳の支配下に置かれたままになる。自分で自分を支配するか、それとも自分以外の者に支配されるか、どちらかですからね、人間は。」

「ところで、自己以外の存在者の苦悩を自己の苦悩と捉え、その救いのためにみずから血を流す心情、すなわち同情、慈悲、憐憫などの利他心が、義、善、徳などの道徳的価値の本質である。この原理を、最も包括的な言葉で表現すると、何になると思う。」

「そうですね。それはひと言で言えば、少し口幅ったいけど、『愛』ってことになるんじゃないですか。」

「そうだろうな、『愛』と呼ぶのが、最もふさわしいだろう。愛こそが義であり、善であり、徳であり、道徳の目的であり、人間を精神的に生かす原理だということだ。そうすると、利己心、つまり欲は肉を生かすために働く原理であり、利他心、つまり愛は霊を生かすために働く原理である、と言えるのではないだろうか。」

「そうしてみると、真性の愛というのは、決して楽しいものではありませんね。むしろ、苦痛の方が大きいぐらいでしょう。それでもなお、人は愛によって行動する。まあ、ひと口で『人』と言っても、人間全部を意味するわけじゃないけど。むしろ、純粋な利他心によって行動できる人間なんてのは、例外的な存在じゃないんですか。『ごく僅かな人には、愛によって行動する能力が備わっている』と言った方が正確でしょう。」

「同じ『愛』という言葉とはいえ、自己愛以外に何も備わっていないような人間を、『愛ある人』とは呼ばない。自己愛というのは、要するに利己心のことであって、真性の愛とはまったく正反対な感情だからだ。真性の愛というのは『自己犠牲』のことであって、自分が傷付くことを恐れていたのでは、愛することなどできないということだ。」

「つまり『相手を愛する』ことと、『相手のために血を流す』こととは、同義だということで、これもまた非常に重大な点だと思いますが。さて、ソクラテスによる『希求切望の道徳』の発見によって、人類は報酬と罰則とからなる権威主義道徳原理から、自己の精神を解放することが可能になった。これによって人類は『精神的自己完成』という、生涯を通じて果たすべき課題を得たわけです。人生とは、個体の維持と種の保存からなる、肉の生活のためにあるのではない、むしろ精神生活を送るために、天から与えられた時間である、という真理をソクラテスは明らかにしました。ここに至って、道徳が一般的、通俗的な、社会規範としての大衆道徳から、善的人格の達成を目的とする、少数者の道徳へと発展しました。さらにイエス・キリストは、道徳の本質が『愛』にあるということを明確にしました。ソクラテスの道徳原理は、利他心よりも、むしろ廉恥の感情を基礎に置いた道徳であるようにも思えます。一方イエスは、道徳の終局的な目的が愛、つまり利他心にあることを示し、道徳原理をさらに高次の段階にまで高めました。」

「ソクラテスの道徳原理は、確かに廉潔、剛毅、冷静、泰然自若などの克己的人格を完成させることを、目的としていたようにも思える。これらの特質は、君の言う通り、廉恥の感情が基礎になっていると見るべきだろう。劣等な動物的習性から、人間の精神を解放することが、それだけ完全性に近付く行為でもあったわけだ。この、廉潔、剛毅、冷静を重要な達成目標とする精神は、ゼノンによってさらに進化を遂げ、ローマ時代に至って、セネカやエピクテトスなどの、ストア派の哲学者連に重大な思想的基盤を提供することとなった。一方同情、憐憫、慈悲といった利他的要素は、ソクラテスの道徳には、やはり稀薄であったような印象も受ける。ソクラテスが処刑されることになって、クサンティッペが嘆いたときも、彼は『女というのはそうしたものだ』とかなんとか言って、あんまり相手にしなかったみたいだからな。もっとも、これは妻の悲嘆を気にしないというより、そんなことを気にするような小心な人間は、賢者たりえないという、そちらの方を恥じての言葉かも知れないが。」

「ちょっと話が外れますが、ソクラテスの妻、クサンティッペは、世界三大悪妻のひとりに数えられていますけど、どうですかね。そこまでひどい女だったんでしょうかね。クセノポンの記録によると、ソクラテスが貰ってきた菓子を、床に投げ捨てたりしたとかなんとか、我儘でヒステリックな女だったみたいなことが書かれているけど、本当にそうだったんでしょうかね。」

「あの頃のギリシアでは、男が結婚するのは五十を過ぎてからで、相手の女といえば十四、五歳の、中学生ぐらいの小娘ってのが普通だった。自分の娘か、下手をすれば孫ほども歳の違う女を女房にして、悪妻も糞もないだろう。十四、五歳の小娘といえば、我儘でヒステリックなのが当たり前だからな。亭主がソクラテスだったから、悪妻として記録に残っているだけで、あの当時はみんなそうじゃなかったのか。」

「それもまた、斬新な解釈ですね。ところで、道徳的自己完成とは利他的人格を完成させることであり、それが魂の救いに至る道であると、キリストは説きました。しかし、この地上は弱肉強食の生存競争原理によって支配された地獄で、その中ではあらゆる存在者が、他者を犠牲にしなければ生きてゆけません。生きるためには殺さなければならない、つまり『生きる』こととは『殺す』ことと同じであり、それがこの呪われた地上を動かす悪魔の原理だということです。この究極的な利己的原理に支配された世界にあって、『利他心』ほど不似合いな精神もないでしょう。早い話が、利他的な人間、つまり道徳的レベルの高い人間であればあるほど、この世において生きるのには不都合な人間ということになるからです。」

「確かに、『霊に蒔く』生き方は、生存に必要な利益獲得を最優先とする生き方、つまり『肉に蒔く』生き方とは正反対の生き方のことで、損ばかりしなければならない生き方のことでもある。また、道徳観念が強く働く個人であればあるほど、この世の悲惨というものを強く感じざるを得ず、生きるのが堪え難くなってくる。万物が殺し合い、食い合う地獄にあって、殺さなければ生きてゆけない自分の存在が、まことに呪わしいもののように思えてくるというわけだ。」

「しかし、利他心あるいは道徳観念などという、現実生活上の福利を阻害するような機能が、なぜ人間には備わっているのか、人間以外の存在者には備わっていないのに。この世の生存に道徳原理が必要だというのであれば、あらゆる存在者にそれが備わっていなければならなかったはずでしょう。しかし、ほかの動物にも、植物にも備わっていないところを見ると、それはこの世の生存には必要ではない機能だということになります。人間にだけは、なぜこの世では不必要、というよりむしろ不都合な精神的生存原理、すなわち道徳なるものが備わっているのか。まあ、人間と言っても、何度も話してきた通り、一部の人間にだけでしょうけど。」

「この世以外の世界における生存に、必要だからだろう。」

「そうすると、曽倉部長はこの世以外の世界、たとえば精神界、心霊界といった、純粋に精神的生存のためだけの世界が存在すると、そう思うわけですか。」

「思うも何も、それ以外に考えようがないじゃないか。実際にあるとかないとかいったことはだ、そこに行き着いてみないと分かるものじゃない。しかし、もしそういうものがなかったとしたら、我々の精神がこういう構造になっているという事実を、どうやって説明するんだ。だいたい、ソクラテスも、イエス・キリストも、ブッダも、人生の終局的な目的は精神的自己完成にあると説き、それによって、より高次の生存の領域に到達するのが救いであると、皆同じことを言っているわけだ。なんで時代も、民族も、地域も、何もかも違う異文化、異民族の人間が、同じことを言うんだ。それが真実でなかったら、彼らの認識が終局において一致するはずがない。ただこれを真実だと思えるようになるには、相当の精神的向上が必要だというわけだ。口で言うだけなら、どこの牧師だって、どこの坊主だって、みんな似たようなことを言ってる。しかし、連中の言うことを聞くだけじゃ、誰も本当とは思えないからな。」

「本当にね、牧師や坊主の話だけで救われるんだったら、誰も苦労しませんからね。しかし、現に我々には道徳観念という、この世の生活においては不都合な機能が備わっていることも確かですからね。いったい何がその目的なのか。人間に備わったあらゆる機能には、必ずその果たすべき目的があるんだから、同情や憐憫にだって目的がなければおかしい。そして、それは利己心によって秩序の保たれる世界、すまわち弱肉強食の生存原理によって支配された現世とは、次元の異なる世界に適合するためであると。つまり、精神的自己完成によって、もはや肉体を必要としない境地にまで到達し、純粋に精神的存在に移行するためである、それこそが救いの真意であると、そういうことですね。」

「イエス・キリストが、わざわざこの世までやって来て、死んで見せたのはいったい何のためだと思う。復活を見せるためだ。ならば、キリストの復活が意味するものは何か。それは、肉的生命と霊的生命とは異なるものであること、そして肉の滅びた後も霊によって生きることが可能であること、このふたつだ。キリストの来臨は、これを証明するためになされたものだ。」

「そうすると、キリストの復活を信じるかどうかってことが、一番大事なポイントになってきますね。」

「その通り。それができるかどうかで、救済の真意を、受け入れることができるかどうかが決まる。」

「キリストは肉に死んで、霊に蘇った。しかし、この『復活』という事実を受け入れることができるようになるには、何か重要な外的要素が必要ですね。聖書を何百回読んだところで、これほど自然の摂理に反する事実を、信ずることができるようにはなりませんからね。自分自身を言いくるめることならできるかもしれないけど、それは信仰じゃなくて、自己欺瞞ですからね。特定の考え方に意識を慣らしてしまうっていう、一種の条件反射みたいなもので。実際、自分じゃ信心深いと思っていても、本当は自己欺瞞を信仰と思い込んでいるような連中が殆どですからね。ああいう手合いは、『信心深い』って言うより、『迷信深い』って言った方が、ふさわしいんだろうけど。」

「キリストの復活は、人類に与えられた最大の啓示だと言われている。最初期の使徒の活動も、もっぱらキリストの復活を述べ伝えるためになされたものだった。当時としても、この話は相当の評判になったらしく、『死んだ後も、なお生きているというガリラヤ人』などという言葉が、ローマの公文書にも残されているぐらいだ。キリストは復活によって、死後の生命の存続が可能であることを証明し、不死への門を開いた。要するに、それが救済の真意だということだ。」

「『不死への門を開く』っていうのは、仏典によくある表現ですけどね。まあこの際、それは措くとして。一般に言われているのは、キリストの捕縛によって逃げ去ってしまった弟子たちが、処刑後しばらくするとまた宣教を始めたわけですけど、それはなぜかってことですね。キリストの復活を目の当たりにしなければ、そんなことをするはずがない。だから、復活は実際に起こったんだって、そういう説がありますね。」

「それは、キリスト復活の有力な状況証拠となる話だな。しかし復活を現実に目撃した人間ならいざ知らず、ただそれを聞いただけの者だとか、我々のように二千年も経ってから文字で読んだだけの人間がだ、やはり無条件で受け入れられるものじゃないな、それは。本当に復活が真実だと思えるようになるためには、肉と霊とは別のものだという実感が必要であり、その実感を得るためには、根拠となる何か重大な体験的事実が存在しなければならない。それが要するに、自分の内部に育ってゆく、霊的生命を感ずるということだ。心中に蒔かれた神性の種子が芽を出し、育ってゆく、それを感ずる者だけが、肉の生命とは異なる、霊的次元の生命の存在を信ずることができる。」

「自分の内部に育ってゆく霊的生命を感ずる、と言いますが、どうすればそれを感ずることができるようになるのか。自分で感じようとどれほど思ったところで、感ぜられるものじゃありませんからね。」

「霊的生命というのは、この地上には存在しない、利他的心情を源とする生命のことだ。また、利他的心情が育つというのは、それだけ利己的心情が死ぬということでもある。この地上においては利己心、つまり欲を満たすのが何よりも大切なことで、可能な限り多くの欲を満たすことが、そのまま幸福になることだと信じられている。しかし神は、みずから選ばれた者に対して、そのような生活からは不毛の成果以外に何も生じないことを示し、彼らをそれ以外の生活、つまり『霊に蒔く』生活へと導きたもう。この導きは通常本人に、この世の幸福というものに対する、徹底的な絶望を味わわせることによって行われる。そうして、『肉に蒔く』生活の不毛さ、無意味さ、愚劣さというものを思い知れば、それ以外の生活に目を向けざるを得なくなる。これは同時に、それまで自分の送っていた、肉の生活に対する深い慚愧の念、罪の意識といった感情を引き起こされる経験でもある。自分という人間の存在に伴う根源的な罪、その痛みが常に心に疼き、決して消し去ることができなくなるわけだ。これは、自分の十字架を背負うにも等しい経験で、この思いを抱くに至った者は、もはや傲慢、慢心に支配されることもなくなり、真の謙虚さを身に付けることとなる。」

「その十字架というのは、要するに肉の身を殺すための十字架でしょう。肉を殺すことによって、それだけ霊が育つということで。この場合の肉とか霊とかいうのは、物質的生活、あるいは精神的生活を志向する意識のことでしょうけど。しかし、それほどの覚醒を引き起こす体験とは、いったいどのようなものなのか。」

「肉に蒔く生活の中には、利己心以外の行動原理は一切存在しない。誰かが、たとえ自分以外の人間を大切にしているように見え、本人もそう思っていたとしても、実際には自分にとって必要だからそうしているに過ぎない。肉の人間にとって、自分以外の存在者は、すべて自己を益するための道具でしかなく、自分と同じように大切にする相手ではないということだ。神によって選ばれた人間には、この原理を否応なく認識する時が来る。たとえば、それまで自分を愛してくれていると信じて疑わなかった相手が、実はそうではなかったと知るような時、本当は純然たる利己心から、自分を利用していただけだという事実を、思い知らされたりするような時にだ。特に、家族の関係において、この真実が明らかになった時、人はそれまで自分の信じていた価値の体系が、完全に崩壊してゆくのを感ずることとなる。そうなると、もはやこの地上の生活そのものが、まったくの無意味な時間の集積でしかなくなってしまう。自分にとって最も重大であったものの、完全な無価値が証明されれば、残りは自動的に消えてなくなるというわけだ。」

「本当にね。実際、利己心以外何もない、ただ利用し合うだけの人間の関係など、ない方がどれほどましか分からないぐらいですからね。ましてや、家族がそんなものでしかないなんてことだったら、生きることすら馬鹿馬鹿しくなりますね。何と言っても、家族こそは血肉の紐帯によって結ばれた人間の関係なんだから。『肉に蒔く』生活の無意味さを、思い知らされることになりますね。」

「しかしこの地上には、それしかないっていうのが現実だ。肉の人間には、愛などというものは存在しない。この世に愛があるとすれば、それは神の光が個人に宿って、周囲を照らすに至った場合だけだろう。ただ連中は、本当の愛がどんなものか知らないから、お互いに相手が必要だというだけで、そのまますませてしまっているんだ。これは相互依存の関係、つまり利用し合う関係であって、愛によって結ばれた関係ではない。また、人間に神の光が宿るためには、本人の心中から『肉に蒔く』部分が、取り除かれなければならない。つまり、『利己心の死』を経ないと、本当の愛ある人とはなれないということだ。そして、それを成し遂げるのが、十字架だというわけだ。そうして利己心の死を遂げた人間にとっては、血肉のすべてが敵となる。『自分の父、母、妻、子供、兄弟、姉妹を、さらに自分自身の命すら憎まぬ者は、私の弟子とはなれない』というイエスの言葉が、その人にとって、まったくの真実となってしまうわけだ。本当の家族とは血肉ではなく、愛によって結ばれた者たちのことである、『天の父の御心を行う者だけが、父であり、母であり、兄弟である』と。」

「それでも、『愛』という言葉ほど、大衆に好まれる言葉もありませんけどね。町中、国中、世界中、どこへ行っても『愛』だらけですからね。これほど大衆に不似合いな言葉もないのに、彼らにとってはそれが一番好ましい言葉だっていうんだから、もう完全に盲目っていうか、何にも分かっちゃいないっていうか。」

「連中は意味も分からず、ただ『愛』という言葉の持つ、麗しい音の響きを弄んでいるだけだ。真実の愛とは、自分以外の存在者のために血を流す、自己犠牲の精神であるということ、その『血を流す』という行為が、どれほどの苦痛に満ちたものかということ、肉の人間はそれらについては何も知らない。意図的に知らされていない、と言った方が適切かもしれないが。彼らにとって、愛とはただ単に相手が好きだといった短絡的な感情から、相手なしには生きてゆけないといった執着心、あるいは所有欲、独占欲、またその本質である依存心、果てはただの性欲に過ぎない場合すらある。しかし、選ばれた人間にとってはそうではない。彼らにとって、愛とは自分以外の者の痛みであり、悲しみであり、その救いのためにみずから血を流そうとする同苦の念、同情心のことだ。その段階に到達して、肉の生活から一切の価値が消え去れば、その人はもう地上では死人も同然で、どうしても天に目を向けざるを得なくなる。本人の心に信仰が育つのはそれからだ。そうしていつの日か、神の光がその人を通じて周囲を照らすこととなるだろう。」

「利己心が死んでゆくにつれて、利他心、つまり真性の愛が育ってゆくということですが、やはりそれは相応の資質を備えた人間にだけ、当てはまる話だと思いますね。心に信仰の種が蒔かれていない者は、それを育てたくても、育てようがありませんからね。」

「何と言うか、生まれつき同情心の強い、心優しい人というものがある。それは天性の資質と呼ぶべきものだろうが、実際神の目に適った人間というのは、そういう人のことではないかと思えるな。また、この腐り果てた地上で、世の邪曲と戦って勝ち抜くだけの、精神的な強さがなければならない。」

「ルターは『聖書への序言』の中で、『人生とは、霊の人間が肉の人間を殺してしまうまで続く戦い』だと言ったけれど、これは要するに、『利己心と利他心との間の戦い』を意味するというわけですね。」

「利己心は、肉の生命を維持存続させるために働き、利他心は霊の生命を維持存続させるために働く。動物的存在者と叡智的存在者、物質的存在と精神的存在、肉に蒔く者と霊に蒔く者、この、まったく相反するふたつの人格が、一個の人間という現象を構成している。これは利己心と利他心という、相反するふたつの心理が、ひとりの人間の中で常に葛藤している状態を意味する。道徳的自己完成というのは、要するに利己心と利他心との不断の戦いにおいて、利他心が次第に勝利を収めてゆく過程を意味するということだ。『しかし、その完成は彼岸においてとなろう』とは、ルターが言ったことだが。」

「道徳的、あるいは精神的自己完成が、究極的には救済に達する道だということが、明らかになった感じがします。しかし、利己心がこの地上を支配する原理だということ、利他心の完成によってこの利己的生存を脱却し、より高次の生存段階、つまり精神的生存の段階に到達することが人生の目的であり、それこそが救済の本意であるということ。こういった思想は、利他心によって支配された世界なり、領域なり、そういうものの存在を前提として成り立つものだということでした。」

「果たして、『存在する』という表現が適切かどうかは知らないが、そう考えなくては一切に辻褄が合わないというのが、これまで話してきたことだ。この世の生存に不必要な機能は、この世以外の世界の生存に必要だから人間に備わっていると、それ以外に考えようがない。キリストであれ、ブッダであれ、この世の悲惨から人々を救うためにもたらされた、救世主だという点では同じだ。それでも、救世主を我々に送るというのは慈悲の行為であって、何者かの慈悲が働かなければ、彼らが送られてくることはなかった。同情、憐憫、慈悲といった利他的心情は、この地上に属するものではなく、その権化である救世主の降臨は、必然的にその送り主と、地上以上の原理によって保たれる生存の領域の存在を予想させる。」

「さて我々はこれまで、人生を成功させるにはどのように生きたら良いのか、という問いの答えを求めてきたわけです。成功した人生とは、『生きてきて良かった』と思えるような人生のことだと、つまり悔いのない人生のことだということでした。また『悔いのない』とは『正しい』と同義であり、『正しい』とはどの様な意味なのかを理解するためには、道徳的なレベルの検討が必要でした。そこで、『道徳』という概念について、これまで論じてきたわけです。真性の道徳原理を理解するためには、世間一般で道徳的と見なされている考え方、つまり『学校の道徳』の欺瞞を証明する必要がありました。学校の道徳に現れているような原理、つまり外的な報酬と罰則との付与によって、人間を統制しようとする原理は道徳ではなく『社会コントロール』、つまり社会秩序維持のための制裁原理だということが理解できました。あらかじめ出来上がった善の類型に、人間をはめ込む権威主義的、強権的道徳は、つまるところ人間支配の道具でしかなく、真性の道徳からはほど遠いものです。真性の道徳原理と呼べる原理を、人類で最初に発見したのはソクラテスで、それは『希求切望の道徳』と呼ばれています。希求切望の道徳とは、個人の精神を完成に導く指針たるべき原理であり、これによって人類は『自己完成』という、生涯を通じての目的を得ることができました。他方、ソクラテスの道徳原理は、一面においては克己的人格の実現を目的とする、どちらかと言えば廉恥の情を基礎に置いた道徳原理でした。それがキリストにおいて、善の基礎を同情、慈悲、憐憫などの利他的感情、すなわち『愛』にあるとする教えが説かれました。そして、なぜ愛が人間を救いに導くのかという、非常に重大な点について、キリストはひとつの回答を提示しました。それは、霊的人格の完成によって、不死の境地に到達するということであり、キリストはみずからの死と、死からの復活によって、それを証明しました。以上が、これまで話してきた事柄の概要です。道徳的自己完成が人生の終局的な目的であるというのは、それだけが人間を滅びに至る定め、つまり動物的生存原理から解放するものだからという点が、随分はっきりしたのではないでしょうか。」

「これまで我々が論じてきたのは、飽くまでも『霊に蒔く』精神生活についてであった。これは世間一般の、『肉に蒔く』生活の不毛を前提として、初めて可能なレベルの考察であり、このような生活は世俗的生活から厭離する傾向を多分に含んでいる。肉体の上では世に属していながら、精神においてはすでにこの世にない、ということになるかもしれない。むしろ、肉体そのものがすでに我々に所属するものではなく、この地上に所属する、何か異次元の存在物のような印象を受けるときがある。心、此所に在らず、とでも言おうか、心だけはどこかよその世界にあるような、そんな感じがすることがあるな。」

「人間の精神とは、本人の存在から肉体と肉体の維持存続に必要な要素、つまり本能に関わる心的な部分を取り除いた結果、残るものだと、そういう話だったでしょう。その残るものとは、道徳観念と知性だということでした。もっとも、知性は本能にも道徳にも仕える、価値の観念からは自由な要素ですが。いずれにしても、人間の真実在とは精神的存在の方を意味するということです。また、肉体がこの地上に所属するというのなら、曽倉部長のような境地に達した人は、すでに天上に所属していると言えるのではないでしょうか。」

「肉体の牢獄に閉じ込められている限り、いまだ救済には至っていない。いつの日か、この肉体から贖われ、『汝の罪は赦された』という声を聞く時、ようやく天の国の入り口に到達したと言えるだろう。」

ヨブへの答え　一

「旧約聖書の物語の中で、『ヨブ記』ほど興味を引くものはありませんね。何と言っても、人間が神に面と向かって、その不義を糾してるってんですからね。まったく、前代未聞の話と言えるんじゃないんですか。旧約の世界と言えば、神の言いつけは絶対で、人間はただもう神に服従し、賛美する以外に、何も許されていなかったんだから。時々、『どうして私から御顔を背けてしまわれたのですか』とかなんとか、泣き言みたいなことを言うのは、良かったようだけど。詩編の中でも、よくダビデなんかが、そんな詩を書き残していますからね。でも、そんな時代に、はっきりと神の不義を訴えるなんて、そんな大それたことをしているのは、ヨブだけですよ。」

「ヨブは財産を奪われ、家族を殺され、自分もまた不治の病にかけられて、あらゆる辛苦を味わった。彼はもともと信仰篤く、神を恐れ、言葉でも行いでも悪を働くことがなかった、いわば義人の見本みたいな人間だったにもかかわらずだ。」

「しかし、旧約当時の『義』というのは、飽くまでも神と人間との間に交わされた契約を遵守するという意味での『義』であって、キリストによって示された新約の意味での『義』とは、異なるものですけどね。要するに、人間が神からの命令に忠実に従い、神を賛美し続ける限り、神はその人に対して恵みを施すという、そういう意味における『義』だったわけですよ。この頃はまだ、道徳的自己完成によって自分の罪を贖い、神の国に招かれるなんて思想はなく、飽くまでも人は死すべきものであって、神との関係だって自分の生きている間だけのものだったわけです。それで、神がヨブに対して不義を働いたというのは、ヨブがこの契約関係を忠実に守って、何ひとつ違反なんかしていなかったのに、神はヨブに対して次から次へと災厄を振り掛けてきたってことなんですよ。つまり、神の方から契約に違反してきたというわけで、しかもサタンにそそのかされて。」

「それで君は、現代人としてこの『ヨブ記』を読んでだ、どんな印象を抱いたのかね。現代にも通ずるテーマというものを、『ヨブ記』の中に見つけることができたかね。」

「見つけるも何も、ヨブの抱いた思いというのは、少しでも神のことを思う人間なら、誰でも感ぜずにはいられないいんじゃないいんですか。現代に通じるテーマどころか、あらゆる時代を通じて、心ある人間は同じ疑問を抱かずにはいられなかったと思いますね。特に、『義』を求める人間だったら。だいたい、ヨブに起こったような出来事は、誰に起こったっておかしくないことなんだから。」

「それは、いったいどんな疑問だね。」

「神というのは、果たして本当に義の神、慈悲の神、最高善、絶対善なのだろうか、という疑問ですよ。なるほど人間は誰であろうと、神の目には不完全な存在者であり、罪人であって、裁きを免れないと言えば、そうかもしれない。しかし、その中にも自分の罪をあるがままに認め、なんとかしてその責め苦から逃れたいと、努める人々だっているわけですよ。そういう人には救いが与えられるっていうのが、神の約束だったわけでしょう。それなのに、一見したところ、神は義人に対しても何の報いも与えず、それどころか次から次へと災いを振り掛け、それで悪い奴らの方はほったらかしで、何の裁きも与えられていないって、そんなふうに見えるんですからね。『悪には裁きを、善には報いを』って、正義の法則はどこへ行ってしまったのか、誰だってそう思うんじゃないんですか。ヨブはその思いを、はっきりと口に出したってことですよ。」

「そうすると、ヨブ記というのは、あらゆる時代、あらゆる人類が、共通して抱いてきた神に対する疑問を、最初に問うたという点において、画期的な意味を持っていたというわけだ。ただ唯々諾々と、神の言いなりになるだけの、家畜のような古代ユダヤ人とは違って。実際、神がユダヤ人に対して求めたのは、家畜的従順と媚び以外に、何もなかったんだからな。連中は神からどんなに理不尽に扱われても、『神のすることに間違いはない』って、疑問すら抱かなかった。ヨブは、そんなユダヤ人の中で、ただひとり神に異議を申し立てた、異端の人物だったというわけだ。」

「そういうことですね。」

「これまで我々は、神というのは飽くまでも最高善、絶対善だという前提のうえで、議論を進めてきたわけだ。しかし、その最も重要な点において、つまり果たして神が善かどうかという点において怪しいとなると、我々が論じてきた内容の全てが、本当に正しかったのかどうかも危うくなってしまう。これは何としても、避けて通ることはできない問題だ。いったい神が善でないのなら、何だというのか、一度ここで検証してみる必要があるだろう。そうでなければ、我々の信じている正義の体系そのものが、まったく倒錯した、誤謬に基づく想念だということにもなりかねない。」

「神があるかないかだけでも、大変な違いなんですからね。もし神が不義なんてことがあったとしたら、それこそ正しく生きようとすることの意味まで、なくなってしまう。そうなったら、人間存在の根源的な意義を失うのと同じじゃないですか。」

「そもそも人が、『神』なんてものを、理由もなく考えると思うか。通常の人間にとって、つまり『肉に蒔く』人間にとっては、神があろうがなかろうが、どこか雲の上の出来事で自分には関係ないって、連中の思うことといったらそんなものだ。それが神について本気で思いを巡らす所まで行き着くには、相応の事柄がなければならない。余程のことでもない限り、誰も神に興味を持ったりはしない。要するに、それだけの衝撃体験なり、神秘体験なり、啓示体験なり、常ならぬ何かを体験することによって、人は神に心を向けるようになるというわけだ。しかもそれは神次第であって、自分の意思でどうなるものでもない。人はただ、神の導きによって信ずる者とされ、神の子として目覚めることにもなる。『聖なる信仰には、聖なる啓示を必要とします。聖なる啓示なくして、聖なる信仰はありえません』って、『天路歴程』のバニヤンだって言ってる通りだ。しかし、神は人をそこまで導いておきながら、なお平気でそれを裏切り、約束という約束を全部反古にして、彼を見捨てて滅びに任せるなんて、そんな馬鹿な話があるだろうか。」

「以前、話し合ったことがあるでしょう。神の裁きがはっきりとしていないのは、意図的にそうされているんだって。もし神の裁きが、法律のような形ではっきりと示されたなら、罪を犯す人間なんてひとりもいなくなってしまう。しかし、裁きがあろうがなかろうが、義を働くのが本当の義人であると。だから、神はそのような人々を見分けるために、わざと裁きを曖昧にしているんだって。」

「それはその通りだ。しかしそのような解釈には、いかにも都合の良い、こじつけのような観があるのも否めない。そもそも神が自分自身を、わざと人間に分かり難いように、曖昧にしているなんてことがだ、どうして分かるんだ。神が自分ではっきりと、そう言ったってのか。要するに、これは大衆向けに創作された、御都合主義的な話だって、そういう解釈だってできるわけだ。」

「どんな手を使ってでも、神を義だということにしておかなければ困ると、一部の人間にとっては。そういうことなんですよ。だから義人に与えられる災厄にしたって、それが試練のためだとかなんとか、もっともらしいことを言って。本当は、ただの嫌がらせかも知れないのに。」

「いずれにしてもだ、神を義の神、慈悲の神、愛の神と、ただ、ただ神こそが最高善という一面的な立場で論じてくると、その認識に矛盾する部分が積もりに積もって、しまいには頭が爆発しそうになってくるわけだ。それこそ神がすべてだって、自分の存在そのものが、神によって成り立ってるんだって、そこまで神に思いを寄せてきた者が、何かのきっかけで正反対の思いを味わわされることがある。特に、理不尽な苦悩を耐え忍ばねばならない時、運命の不条理に弄ばれ、なす術もなく痛みの中に放置される時、ただ、ただ神のためにと、散々努力してきた結果が、すべて徒労に終わる時、人はあたかも神が自分に敵対しているかのような印象を抱かずにはいられない。そんな時に、神を恨まず、天を呪わずにすむなどという者が、本当にいるだろうか。ひたすら神の義を求め続け、待ちわびている者に、却って災いが下されるというのだから、これでは誰だって手酷く裏切られたと感ぜずにはすまされない。自分は神に導かれたというより、むしろ陥られたと言った方が、正確なんじゃないのかってね。だいたい、神が義の神、慈悲の神、愛の神、最高善だというのなら、この世の悲惨というものをどう説明したら良いのか。あらゆる存在者が殺し合い、食い合わねば生きてゆけぬ世界などというものを、神はなんのために作り出したのか。我々をそんな世界の中に投げ込んで、お互いに闘争させて、いったい何になるというのか。」

「ただ残虐な喜びを味わうためじゃないのかって、そう思えてしまいますよね。『神はサディストだ』って、何かの戦争映画の中で、兵隊がそんなことを言う場面があったけど、実際そう思えて当然じゃないんですか。『おれたちは壺の中の毒虫か』って。この世の悲惨や残酷が、何者かの意思によって、意図的に作り出されたものだなんて、絶対に信じたくない、心ある人間ならそう思うでしょう。現にそういう理由で、無神論者でいることを、自分で選ぶ人だっているぐらいですからね。」

「いずれにしても、ヨブ記というのは旧約聖書の中でも、最も議論の多い話なわけだ。神はなぜヨブにそんなことをしたのか、神の真意とはいったい何だったのか、そういった肝腎な点がはっきりしないまま、話が終わってしまっているからだ。このため、人々はヨブ記に対する、様々な解釈を生み出すこととなった。その中でも、心理学者のカール・ユングの著した『ヨブへの答え』は、なかなか読み応えのある作品だ。」

「それじゃ、どうです。その、ユングの『ヨブへの答え』を通して、今我々が扱っている問題の鍵を模索するってのは。ユングは、ヨブに対してなされた神の不義を、どう説明してるんですか。」

「ユングに言わせるとだ、旧約の神ってのは無意識の神だというわけさ。無意識っていうのは、要するに自分が何をしているのか知らない、自己反省能力の欠落した人格を意味する。自分の外側の世界しか見えない、自分自身がどんな人間か知らない、まるで動物か、幼児か、禁治産者か、そういう責任無能力の精神状態にある者のことだ。これを『非道徳』って言葉で、彼は呼んでるがね。」

「不道徳じゃなくて非道徳ですか。」

「その通り、不道徳っていうのは道徳観念を備えた人間が、意図的にそれに反する行いをなす場合のことであって、非道徳とは異なる。非道徳というのは、人間の心に、善悪の価値判断そのものが存在しない状態のことだ。これは『無道徳』と同義だ。それで、ユングは言うわけさ……

分別と無分別とが、慈悲と残忍とが、創造力と破壊の意思とが、隣り合わせにならんでいた……このような状態は、非道徳としか名付けようがない。

彼は一人で両者、迫害者にして助け手であり、どちらも同じように真実である。ヤーヴェは分裂しているというよりは、むしろ一個の二律背反であり、全存在にかかわる内的対立であって……

云々ってね。」

「しかし、道徳観念を持たない、善悪の判断のない人格なんてものが、実際あるんでしょうかね。」

「あるさ。二、三歳の幼児を見ろ、連中には善も悪も存在しない。幼児に存在するのは、ただその場、その場の快、不快の感情だけだ。ユングの見解では、旧約の神ってのは、その二、三歳の幼児と同程度の反省能力しか持たない、『無意識の神』だったというわけだ。もともと、『無意識の神』なんてことを最初に言い出したのは、ショウペンハウエルだけどな。ユングは、ショウペンハウエルの影響をかなり受けてるなって、おれには思えるけど。いずれにしても、こうして見ると神を無意識と捉える視点に、合点が行かないわけでもない。旧約の神ってのは、なんだか知らないが、やたらユダヤ人に執着して、彼らに対して常に自分に意識を向けさせようと躍起になり、あたかも赤ん坊が母親に対して自分の機嫌を取らせようとするみたいに自己への賛美を強要し、ちょっとでもユダヤ人が自分の気に食わぬことをしようものなら泣き喚いて怒ると、そんなことばかりしているんだからな。」

「そうすると、神はユダヤ人を、自分の面倒を見させるために選んだっていうか、子守役に任命したっていうか、そんな感じですね。もしユダヤ人がいなかったら、神は自分の存在すら認識できなくなってしまうみたいな、まるで幼児が自分を認識するのに常に母親を必要とし、常に母親に働きかけて自分の存在を確かめてるみたいな、そんな印象を受けますね。」

「だからユングは言うわけさ、『主体は自分が存在していることを確信させてくれるような客体を持っていることによってのみ存在できるかのように見える』と。神は自分の存在を認識するために、ユダヤ人が必要だったというわけだ。」

「しかし、全知全能の神が、二、三歳児程度の反省能力しか持たないなんてのは、なんだか変ですね。矛盾してるどころの騒ぎじゃないように思えますね。」

「しかし、神の態度はそう受け取られても仕方がない部分を含んでいるわけだ。善には報いを、悪には裁きをという、一貫した方針がまったく感ぜられず、その時、その時の気まぐれで、善人だろうが悪人だろうがお構いなく災いを下し、『義の神』、『公正の神』、『慈悲の神』と、やたらに自分を賛美させるくせに、実際の行いはまるで正反対、ちゃらんぽらんで行き当たりばったりに人間を殺して、しかも虫けらのように殺して屁とも思わず、悪い奴らに対する裁きはいつ下されるのか、いつ下されるのかと、どれほど待ったところで何も起こりゃしない、神の態度は、そんなふうにしか見えないからな。これじゃまるで、ローマのネロか、ウガンダのアミンか、北朝鮮の金忘恩か、ああいう暴君連中と何の違いもない。」

「ああいう、知恵遅れみたいなのに権力を持たせると、必ずそうなってしまいますよね。チンパンジーにピストル、気違いに刃物、金忘恩に核ミサイルってね。それでも、全知全能の神が、金忘恩並みの精神レベルだってのは、どう考えても合点が行きませんね。あの白痴面したデブと、神が同じだなんてのは。」

「実際、ユングの本を読んでいると、『神様って奴は、そこまで馬鹿か』って、思えてくるな。それで、ユングによると、神はそうしてヨブに対して不義を働いた結果、道徳的に人間に劣ることとなった。人間の方が神よりも、高い認識レベルを得た、つまり道徳的に上になってしまったというわけだ。このため神は、自分も人間になることによって、無意識の状態を脱し、道徳的に人間に追いつこうとした。その結果が、神の受肉となって現れたわけだ。神の受肉というのは、要するにイエス・キリストの来臨を意味する。キリストは、神の霊が人間の肉体に宿った、いわば神人で、神はそうすることによって、自分がヨブに味わわせたのと同じ苦悩を味わおうとした。キリストの十字架上の死は、神がヨブに対して働いた不正の償いであり、同時に人間の罪を贖うための犠牲の死でもある。キリストはまた、パラクレートス（真理の御霊）を人々に遣わして、神の霊が彼らの間にとどまるよう配慮した。これは神の人間化が、今後も継続的に起こるということを意味する。つまり、神は『人間になりたい』と望んでいるのである、とこうくるわけだ。しかし、これはある意味では、おれが言ってる『人の心に神性の種子を蒔く』ってことと、同じだと思うけどな。」

「神がより高次の認識を得るために、人間になりたがるっていうんですか。なんだか、それもおかしな話に聞こえるけれど。この宇宙を、何億光年の彼方にまで及ぶ星々の完全な調和と秩序とを、創造した全能者が、道徳的には二、三歳の幼児並の責任無能力で、それで人間を羨んで自分も人間になろうとする……、この論理には、非常に無理があるように思えますね。神がヨブに対して働いた不正の償いのために、キリストがもたらされたっていうのも、おかしな感じがするし。そうするとヨブの出来事が、キリスト来臨の直接の原因ってことになってしまうじゃないですか。キリストの来臨は、ヨブ個人のためじゃなくて人類全般、というより人類の中から選ばれた人々のためであった、という解釈の方が適切だと思うけど。だいたい、ヨブと同じような目に遭ってる人間なんて、どれ程いるか分かりませんからね。要するに、そういう人々の数だけ、神は不義を働いてきたってことにもなる。ところが、『神は間違っている』って、文句を言ったのはヨブだけですからね。だから、『ヨブ記』なんて書物が出来上がることにもなった。問題は、神が不義を働いたことじゃなくて、神の不義に対して異議を申し立てる人間が、歴史上初めて現れたってことなんですよ。」

「ユングはさらに言うわけだ。キリストの来臨を契機として、神に変容が起こった。旧約の神は怒りの神、処罰の神であったが、それがキリストの受肉によって、愛の神、慈悲の神へと変わった。新約聖書の目的が、人類救済の福音を伝えることであることからも、これは明らかだ。まあ、これはおれ個人の解釈だけど、旧約の神は飽くまでもユダヤの民族神、氏神みたいなものでしかなかったが、それが人類全般に通ずる普遍性、一般性を持つようになった、というわけだ。そうすると、旧約の神と新約の神とは、まるで別人みたいな感じがするな。」

「今まで話してきたユングの『ヨブへの答え』の中で、納得できない点がかなりありますね。まず、神が無意識、つまり幼児か禁治産者並みの自省能力しか持たないってことですね。それと、キリスト来臨の契機がヨブの出来事だったたっていうのも、おかしな感じがするし。人間の方が道徳的に優れているため、神が人間になりたがるっていうのも、不自然ですね。反面、神が無軌道で、一貫性のない存在だというのは、これは我々が自分の体験を通じて、実際に感じていることでもある。残虐と慈悲、善と悪、光と闇の、二面性が神に存在するというのも、間違いではないような感じがしますね。」

「そうすると君は、神が自分でも何をしているのか分かりもせずに、無分別に振る舞っているばかりではないと、そう思うわけだな。神には何か人間の思い及ばぬ深慮があって、ただ我々にはそれが理解できないだけだと、そういうこともあると。」

「そういう一面もあるんじゃないのかって、思えますけどね。何と言っても、全知全能の神が幼児並の認識能力しか持たないというのは、おかしな話ですからね。」

「……　ヨブは人間として初めて、神の行為に異議を申し立てた。しかし、神はヨブの問いに答えようとはせず、その代わり『無知をもって、計りごとを暗くするのは誰ぞ』と、居丈高にヨブに迫った。ヨブは全能者と自分との間の圧倒的な力の差を前にして、ひれ伏してもはや何も答えることがなかった。……　しかし神の、この『無知をもって、計りごとを暗くするのは誰ぞ』ってのは、何か意味ありげなせりふだな。ヨブにはただ神の不義としか受け止めることのできなかった仕打ちに、神の側から見れば、何か人間の理解を超えた慮りがあった、とでも言いたげな響きがあるな。」

「その『慮り』ってのは、何だったんでしょうね。どっちにしても、全知全能の神が、金忘恩と同じ程度の認識能力しか持たないなんて話は、ちょっと受け入れられませんね。やはり、それ以上の何かがあったと思った方が、妥当じゃないんですか。幾らなんでも、金忘恩並みというのではね、神がそこまで馬鹿だってのは、どう考えてもおかしい。」

「神が金忘恩並みの馬鹿だったかどうか、この問題は、後で再び考えてみることにしよう。一方、君はヨブの出来事が、キリスト降臨の直接の原因だったという考えも、受け入れられないって言ってたな。その点についてては、おれも同感だな。まず歴史的な観点から見ても、この説には矛盾がある。ヨブ記が成立したのは、紀元前六世紀から三世紀の間だろうと言われている。ヨブ記の題材となった出来事は、おそらくそれより少し前に起こったと考えるのが妥当だろう。しかし、ヨブ記の成立時期を、最も古いとする紀元前六世紀と仮定しても、それより二世紀も以前に成立したイザヤ書に、すでにキリストの降臨が予言されている、『見よ、乙女が身籠もって男の子を産む。その子はインマヌエルと名付けられる』と。ヨブ記の出来事が引き金となって、神の受肉が起こったとしたら、既にそれ以前にキリストの誕生が予言されているってのは、いったいどういうことなのか。さらにだ、神が人間の苦悩をみずから体験し、それによって高次の認識に到達するために、受肉したってのも、なんだかおかしな話なわけだ。」

「まず第一に、神が人間よりも自省能力の点で劣っているというのが、合点が行きませんね。自分が何をしているのか知らない者が、どうすれば全知全能になれるのか。時の始原からの遠大な計画に従って、世界を創造してきた神が、自分のしていることを理解できていないってのは、まったく筋の通らない話ですよ。だからヨブの登場だって、最初から予定に組み込まれていた出来事と解釈すべきじゃないんですか。そういうふうに考えてゆくと、ヨブがキリスト生誕の直接の要因とは、やはり考えることはできない。」

「さらにだ、ユングは、無意識だった神が意識の神に変容し、その結果怒りと裁きの神から、愛と慈悲の神になったというが、神のそのような変化にもかかわらず、地上には何の変化も生じてはいない。神が欲しいままに暴力を振るい続けているって現実には、当時も現代も、何の違いもないわけだ。そもそも、怒りと裁きの神も、愛と慈悲の神も、することは同じだってのは、変な話じゃないのか。ヨブ記が、あらゆる時代の人間に共感を与えるのは、神の暴虐が善人だろうが悪人だろうがお構いなしに及び、誰もがそれを納得できないと感じてるからだろう。要するに現代人も、ヨブも、同じ思いを味わわされているというわけだ。」

「それじゃ、ヨブ記の持つ意義とは、いったいどんなものだと思います。」

「道徳的な観点から見ると、旧約から新約への移行は、他律的な道徳原理から自律的な道徳原理への移行を意味するということだった。この移行とは、権威によって人間を押さえ付けるだけの律法主義から、自己の道徳的人格を完成させることによって、律法を必要としない状態へ自己を高めるという、個人主義への移行を意味するものだった。つまり自律的人格を作り上げることによって、強権的支配から人間の精神を解放することが、真の道徳の目的であると、そういうことだった。これはキリスト以前に、ソクラテスが『希求切望の道徳』という形で、発見した道徳原理でもあったわけだ。キリストの教えは、そのような精神的自己完成によって、肉の呪縛から精神を解き放ち、霊的な存在へと自己を高めることが、救済の真意であると説くものだ。こういう見地から、再び『ヨブ記』を見るとだ、ヨブはただ権威に盲目的に服従するだけの人間ではなく、自分独自の判断力を備えた、ユダヤ人の中でも比較的自律能力の高い個人だった、と言えるのではないか。つまり、他律的人格から自律的人格へと、移り変わりつつある途上の人間だったのではないか、と思えるわけだ。」

「たしかにヨブは、ただ律法に従い、神の理不尽な仕打ちに対して、泣き言を言うだけで何の反抗心も抱かないような、伝統的なユダヤ人ではなかった。だからこそ、旧約聖書の中で『ヨブ記』は、異色の光を放っているわけですよ。要するに、ヨブは唯々諾々と権威に従うのではなく、自分の頭を使って是非善悪を判断できる人間だった。だから、たとえ相手が神であろうと、間違っていると思う時には間違っていると、主張して譲らなかったわけですよ。そこの所が、従来の伝統的ユダヤ人とは決定的に違っている。」

「その伝統的なユダヤ人の典型として、ヨブと対比させられているのが、ヨブの見舞いにやって来た友人たちだ。ヨブが病気だと聞いてやって来た三人は、ヨブを慰めに来たと言いながら、実際には彼に向かって散々説教を垂れまくるわけだ。要するに、ヨブが自分は間違っていないと言って譲らないものだから、三人はその誤りを正そうとして、必死で弁論を振るうわけさ。ところが、連中の主張たるや実に凡庸陳腐、遅鈍平俗で、聞く値打ちもないような話ばかりだ。要するに、神のすることに誤りがあるはずがない、悪いのはお前の方だって、同じ文句をただ繰り返すだけって代物だ。で、三人はどうしてもヨブを説得することができなくて、最終的にはみんな沈黙してしまう。」

「はっきり言って、ヨブは認識レベルにおいて、当時の通常人を随分超えていたんだと思いますね。だから友人たちの口から出てくるような凡庸な言葉では、彼を説得することはできなかった。要するに、自分の頭を使って考えることのできる者と、できない者との違いですよ、これは。そうすると、やはりヨブってのは、当時の水準よりも一段階上の自律原理を備えた、一種の『進化した人類』だったたってことじゃないんですか。」

「しかし、ヨブの従っていた道徳原理も、基本的には神との契約をその主な内容とする、伝統的なユダヤ主義に違いはなかったわけだ。だから、彼の道徳的な発達の段階も、通常のユダヤ人たちよりは進んでいたかもしれないが、やはり旧約のレベルを超えたものではない。それでも、律法主義で頭がコチコチの、石頭ユダヤ人どもと比べたら、大変な進歩だと言えるがね、何てったって、神に盾突くってんだから。ヨブってのは、当時の水準から言ったら、恐ろしく柔軟な精神の持ち主だったみたいに見えるね、おれの目には。しかし、どれほど進んでいたとは言え、彼の自律原理としての道徳は、ソクラテスの『希求切望の道徳』の段階には、まだ至っていなかった。結局、ヨブのケースは、一種の過渡的な段階に当たると、そう解釈できるのではないだろうか。」

「ヨブからソクラテス、ソクラテスからイエス・キリストへと、人間の道徳原理が段階的に発展しつつあったと、そういう時期の出来事だったわけですね。年代的に見ても矛盾はないし。そうするとキリスト生誕も、やはり人類の道徳的、ないしは精神的進化の流れに従って起こった歴史的必然であると。ヨブの出来事が要因となって起こったことではないと、そういう事になりますね。」

「『無知をもって、計りごとを暗くするのは誰ぞ』って、神のせりふは、結構そういう意味だったんじゃないのか。人間の道徳原理が予定の段階まで進んでいたかどうかを試すために、あるいはヨブが予定通りの進化した人間だったかどうか確かめるために、神はあんなことをしたんだと、『計りごと』ってのは要するにそういう意味だったんだと、そういった解釈もできるんじゃないのか。あるいは、ヨブの出来事を歴史に刻印して、神の計画が実現してゆく過程を人類の記録に残そうと、そう神は配慮したのかもしれない。」

「それと、おれは思うんですけど、事の後で神はヨブの友人たちに向かって言うわけですよ、『私はお前たちに対して怒っている。お前たちはヨブのように、私について正しく語らなかったからだ』ってね。これはどういう意味なんだろうって。」

「ヨブの言うことが正しいというのなら、神は自分で不義を働いたことを認めたことになる。『神のすることに間違いはない』っていう、三人の主張が正しくないってことは、神は間違ったことをしたってことだからな。」

「そうすると、神は意図的にヨブに対して不義を働き、その反応を確かめたんだと、そういうことになりますね。」

「そういう解釈もできるんじゃないかってことさ。どちらにしても、これまで話してきたことは、ユングの見解とは随分違うわけだ。神が無意識の存在者で、無軌道に不義を働き罪なき者を傷つけた。その結果、人間の方が神より道徳的に優位に立つこととなり、神は人間に追いつくために受肉した。…… これはやはり、ちょっと無理のある解釈じゃないのかって、そう言ってるのさ。」

「おれも同感ですね。」

「しかし、ユングの著作には、ほかにも注目すべき点が含まれている。まず第一に、神には暴虐、残忍、無慈悲といった悪の一面と、慈悲、憐憫、博愛といった善の一面との、相反する二つの側面が含まれているということ、さらには、神が受肉したがっている、つまり人間化を望んでいる、という点だ。」

「神はそれ自体で矛盾であり、二律背反であると、たしかにユングはそんなことを言ってますね。」

「人間の思考型式には『矛盾律』といって、『矛盾する命題は成り立たない』という型式が備わっている。だから善でありながらなおかつ悪であるという、まったく正反対の性質が同時に成り立つなどということは、頭が正常に働いている人間には、受け入れることができない。だから、神に悪などあるはずがないと、誰もが思うわけだ。神こそが絶対善、最高善、究極善に違いないと、それが我々が無条件に信じ込んでいることだ。ならば、悪はなぜこの世に存在するのか、いったいどこから悪は出てくるのか。この疑問に対して我々は、それは全部悪魔（サタン）のせいだということにしてすませてしまっている。」

「それでも、サタンもまた神の子だったっていうじゃないですか。おれはそこの所がどうもおかしいなって、思うわけですよ。サタンもまた天使のひとりで、神の属性の一部を備えた神の子だというのなら、なぜ神に敵対する一大勢力だということになるのか。」

「つまり、サタンが神の子だというのなら、父である神よりも劣位に立つはずであって、神の義と釣り合いが取れるだけの悪を備えているというのは、おかしいというわけだ。神が最高善、絶対善、究極善だというのなら、サタンは最高悪、絶対悪、究極悪でなければならない。そうでなければ、最高善、絶対善、究極善という概念そのものが、意味をなさなくなってしまうからだ。あらゆる価値の認識は、対比によってのみ成り立つ、相対的な観念だ。つまり最高善が存在するためには、その反対原理である最高悪が存在しなければならない。『最高悪なくして最高善はなく、最高善なくして最高悪はない』ということだ。天秤の二つの皿には、両方とも同じ重りが乗せられていなければ、釣り合いを取ることができない。世界はそうして、対立する力が釣り合うことによって成立しており、これは現象的世界だけではなく、精神的世界についても言えることだ。しかし、神の完全性、絶対性と釣り合いを取るためには、サタンではあまりにも不十分過ぎる。」

「そうすると、神の完全性、絶対性と、釣り合いが取れる存在とは、いったい何かってことになりますよね。どこにそんなものがあるのかって、神以外に。」

「そこだ。神以外に、神の完全性と釣り合いの取れる存在者はいない。要するに、神は最高善、絶対善、究極善でありながら、同時に最高悪、絶対悪、究極悪でもある、ということだ。神は慈悲深く、博愛と憐憫に満ちてはいるが、同時に暴虐、残忍で無慈悲な存在者でもある。神は光の側面と闇の側面の、まったく正反対な性質を併せ持ち、それらが表裏一体をなす、二律背反の存在者だということだ。神の光の部分の子がイエス・キリストなら、闇の部分の子はサタンだ。イエスもサタンも、二人とも神の愛し児であって、二人とも同じように神に愛されている。」

「しかし、それはショックな話ですよね。できることなら信じたくないですよね、そんな話は。でもそれ以外に、どうにも理解のしようがないってんですからね。」

「この点については、すでにキリスト紀元の初期頃から、疑問を抱く人々が現れていた。神の全能を考えるとき、またこの世のすべての事象が、神の予定に従って引き起こされた必然だと認めるとき、悪もまた神によって作られたという事実を、認めずにはいかなくなるからだ。アウグスティヌスだって、この点では悩みに悩んで、『誰か、神が悪でないことを私に教えてくれ』なんて、書き残しているぐらいだからな。」

「光の子であるイエス・キリストが伝えた神のイメージは、神の光の面だけで、神の闇の部分については、彼はハッキリとは語っていない。イエスは飽くまでも光の子であって、闇の部分を持ち合わせてはいないからだ。だから、イエスの教えに従って、神は絶対善、最高善だという認識が、自明のこととして罷り通ることとなった。でも、おれは前から疑問に思っていたことがあるんですよ。ピラトがガリラヤ人たちを殺したとき、イエスが言ってるでしょう、『彼らがことさら罪深い者たちだったから、滅ぼされたと思うか。そうではない。悔い改めない限り、皆同じように滅ぼされてしまうぞ』って。『シロアムの櫓が倒れて死んだ十八人の者どもも同じだ』とも言ってるし。それに、神のことを『蒔かぬ所から刈り取り、散らさぬ所から集める、恐ろしいお方だ』とかなんとか言ってるでしょう。こういう言葉ってのは、イエスが神について語ったにしては、従来の話とはちょっとイメージが違うなって。」

「それに葡萄畑の労働者の話がある。朝から晩まで働いた労働者も、一時間しか働かなかった労働者も、同じ給金を貰った。不服を言う労働者に向かって、経営者はこう言うわけだ、『誰に幾らやろうが、私の勝手だ』って。こういう話は、神の不公正や残忍さを暗示しており、慈悲の神、義の神、公正の神というイメージに矛盾した印象を与える。だから、聖書を読んでいて、これらの部分を奇異に感ずる者もいるわけだ。」

「いずれにしても、この世は悪魔の支配する暗黒の世であり、あらゆる存在者はみずからの罪のために、滅びに定められている。その中にあって、神の目に適う少数の人々だけは救いへの道が与えられている。キリストの使命は、そうした資格ある人々を選び、この呪われた地上から導き出すことであると。この基本的な教理と、これまでの話を対照してみるとき、世界というものはどう理解されるでしょう。」

「この地上そのものが、神の暗黒面が現象化した世界だということだ。我々が光の国に住んでいるのなら、誰も救世主なんて者を必要としなかっただろうし、『光の子』イエスが、送られてくることもなかっただろう。天地創造のとき、神はみずからの光の部分も、闇の部分も、ともに世界という形で現象化した。神の光の部分が現象化したものが天上、神の国であり、闇の部分が現象化したものが、この呪われた地上だ。神は地上における全権を自身の闇の子、悪魔に与えた。ここでは、あらゆる存在者が殺し合い、食い合う、残酷、暴虐、無慈悲の、悪魔の原理がすべてを支配しており、我々もまた、その原理に従って扱われるよう定められている。『神は、悪魔の支配する世に、我らを投げ込みたもうた』って、ルターの言う通りだ。従来これは我々自身が罪の子であって、こうされても仕方のない存在で、すべてその責めは我々にあると、そう説明されてきた。」

「しかし、この呪われた地上そのものが、神の暗黒面の現象化であり、我々もまたその暗黒の一部分であるというのなら、結局行き着く所は神だと、そういう事になるんじゃないんですか。我々だって、神の被造物だってことに違いはないんだから。」

「そういうことになる。もともと我々を闇の子として造っておきながら、我々自身の罪のせいで我々を裁くというのは、道理に合わないわけだ。むしろ、闇は闇どうしで、滅ぼし合うよう最初から造られたんだと、そういう説明の方が辻褄が合うように思える。」

「ところがその闇の世に、義を求め続ける人間もまた存在するわけですよ。これほど不釣合な場所に、そういう義人が置かれているっていうのは、どうしたことなのか。」

「この暴虐の世にあって、人間だけが『道徳原理』なるものを備えている。人間だけがと言うより、『一部の』人間だけが、と言った方が正確かもしれないが。とにかく、残虐無慈悲な世界の仕組みの中で、慈悲や博愛の実現を人生の目的とする、至高の性質の少数者がいるのも確かなわけだ。彼らはなぜこの地上に置かれたのか、地上の実情にかくも相容れない、かくも矛盾する者が、何の目的でもたらされたのか。しかし、『矛盾する命題は成り立たない』という思考型式を備えていながら、我々自身がすでに矛盾の塊でもあるというのは、いったいどういうことなのか。」

「その矛盾を生じさせる部分こそが、人間の心に蒔かれた『神性の種子』だということですよ。人に蒔かれた神の種子は、いつか芽を吹き、枝葉を延ばし、ついには大きな木となって、人の心を一杯にする。ところが、この種子を持ち合わせていない者には、内的矛盾なんて最初から存在しない。彼らは、ただ欲望の命ずるままに狂い回り、何の悔恨も慙愧の念も味わうことなく、飲んで、食って、寝て、それが終われば死ぬだけの人生を送る。しかし、この『神性の種子』を心に蒔かれた者は、激しい内的な矛盾葛藤に苦しみ、やがて叡智的存在者としての、本来の自己の姿に目覚めてゆく。それが精神的自己完成、道徳的自己完成をめざすということじゃないんですか。」

「これは神自身の矛盾が、人間を通じて現象化したものだと、そう言えるのではないだろうか。この矛盾こそが、人間を『神の似姿』、すなわち神の子たらしめるのではないのだろうか。もともと動物的存在者としての人格しか持たなかった者が、叡智的、あるいは精神的存在者としての自己に目覚め、激しい内的葛藤を経て、神の子となってゆく。『精霊の授与』と呼ばれる神秘的、啓示的体験は、そうして神の子たる本分を覚醒させるために、神から与えられる機会と呼べるのではないか。それが畢竟、『神の人間化』ということではないのか。ユングは言う ……

…… あらゆる対立は神のものであり、それゆえ人間はそれを引き受けねばならず、また人間がそれを引き受けることによって神は人間の対立性をも含めて人間を占有した、すなわち受肉したのだ……その対立性に人間は、切り裂く刀であるキリストによる傷を免れないという意味で、与かることができる。まさしく最も極端にして最も恐ろしい葛藤の中においてこそ、キリスト教徒は、それに負けないで、刻印を押された人であるという重荷を自らに引き受けるかぎりで、神性への救済を経験する……と。」

「神は人間になることを欲する。神は精霊を人間に与え、その精霊を通じて人間の苦悩を体験しようとする。しかし、どうしてなのか、おれには分かりませんけどね。」

「おれにも分からないな、なんで神は人間になりたがるのか。しかし、人間は猿の一種であった頃から進化を続け、今日あるに至った。人間の道徳原理も、相互に加え合う害悪の均衡によって見せかけの平和を維持していた頃から、やがて神との契約を結ぶに至り、ソクラテスの『希求切望の道徳』を経て、同情、慈悲、憐憫といった至高の価値の実現を目的とする、キリスト的な道徳原理にまで発展してきた。これは、闇から光へと、人間の精神が進化してきた、ということではないのだろうか。道徳的向上を続けることで、人間は次第に神に近付いてゆく、ということにもなる。だからソクラテスだって言っているわけだ、『完全無欠な人間などというものがあろうはずがなく、完全無欠なのは神だけである。しかし、人間は完全性をめざす努力を続けることで、それだけ神に近付くことはできる』と。もちろん、『肉に蒔く』手合いには、道徳原理の発展などというものがあろうはずはなく、彼らはいつまでも同害報復原理に支配されたままでいるわけだが。」

「神が人間を創造したのは、人間を通じて、そういった道徳的進化を遂げさせるためだったんでしょうかね。しかし、何のためにそんなことをするのか、これはやはり人知を超えた事柄かもしれませんね。」

ヨブへの答え　二

「さて、ここでさっきの『神が金忘恩並みの馬鹿かどうか』という話にもどってみよう。神は我々にイエス・キリストをもたらし、救いに至る福音を与えた。これによって、死すべき人間に不死への門が開かれ、我々は救済への希望を持つことができるようになった、というわけだ。しかしこの地上では、相も変わらずサタンが欲しいままに狂い回り、残虐非道の嵐が吹き荒れている。『善には報いを、悪には裁きを』という、神の理法の働きを見る機会なんてものは、まずないと言っていいだろう。報いや裁きの一貫した方針が何も感ぜられず、行き当たりばったりの思い付きで、善人だろうが悪人だろうが、お構いなく災いを下す、これが神のすることかって、誰もが思うわけだ。これじゃ、ユングの言う通り、禁治産者か幼児並みの責任無能力者じゃないか、神というのは、果たして本当に義の神、慈悲の神、最高善、絶対善なのだろうかと。」

「懸命に義を求める者に対しては、陰湿極まりない嫌がらせを次から次へと仕掛けてくるくせに、悪い奴らの望みは全部叶えてやる、それが神のやり方じゃないのかって、そんな風にすら思えてきますからね。特にパリサイ主義の、利己心で凝り固まった、ハラワタの腐っちまった外道がですよ、狂い回るだけ狂い回って、何の裁きも受けずに終わってゆく。『こんな奴にろくな死に方ができる筈がない』って、誰もが思うような奴が、『何も思い残すことはない、百点満点の人生だった』って、安楽に死んでゆくんですからね。それこそ自分以外の人間を、石ころか棒切れぐらいにしか思わない、自分のために他人を平気で犠牲にして、屁とも思わないような奴がですよ。キリストはパリサイの徒輩に向かって、『お前たちほど重く裁かれる者はない』って言ってるのに、どこにそんな裁きがあるってんです。それを見て、失望感を抱かずにすむ人間なんてものがいますか。本気で神の義を求める者だったら、自分はからかわれているんじゃないのか、残酷に弄ばれているだけなんじゃないのかって、そう思いますよ。」

「君はいったい、誰の話をしてるんだ。」

「おれの親父の話ですけどね。」

「そうか、そんなひどい親父だったのか。」

「ひどいどころの騒ぎじゃなかったですね。病気なんかで死なせたりしなけりゃ良かった、自分で殺してやれば良かったたって、本気でそう思うぐらいですからね。ともかく、卑劣に足が生えたような奴で、家族として、親としての慈しみや思いやりなんて、ひとかけらもない、まったくの暴君でしたね。何をするにも自分のためだけで、自分のためなら家族を見殺しにして、当然の権利だと思っているような奴ですよ。それが、表向きは役人の管理職で、社会的には成功して高い地位に就き、世間から褒めてもらって、立派な人だと思われてるんですからね。虚構の人生を作り上げてきただけの、まったくのパリサイ主義者と呼んでいいような奴がですよ。そのうえ、外に女を作ったり、隠れてこそこそ汚い真似ばかりしやがって。家族を平気で傷付け、裏切って、何も感じないってんだから。おれは何度奴を殺してやろうと思ったか、分からないほどですよ。でも、神は自分で仕返しをしてはいけない、報復は神のすることだ、だから神に任せよって、そう言ってるでしょう。だからおれは散々我慢して、神の裁きが下されるのを待っていたわけですよ。それがどうです。裁きが下されるどころか、最後になって『何も思い残すことはない、百点満点の人生だった』って、こうくるじゃないですか。それで実に安楽に死んでいった。神ってのは、いったい人をからかってるのか、善人を傷付けるのがそんなに楽しいのか、腐った奴らがそんなに可愛いのかって、おれにはそう思えましたね。」

「実際、君みたいに思っている人間は、相当大勢いるだろうな。

あなたたちは、言葉をもって神を煩わせた。
『どのようにして、私たちは神を煩わせたのか』と、あなたたちは問う。
『悪を行う者はすべて、神の目に麗しく映り、神は彼らを喜んでおられる』とか、『裁きの神はどこにいる』とか、言うことによってである（マラキ書、二―一七）。」

「しかし、裁いてやる、裁いてやるって、約束だけはしておきながらですよ、いざとなったら何もしないなんて、そんな馬鹿な話がありますか。しかも、それにちょっとでも文句を言おうものなら、『不信心な奴だ』って、却ってこっちの方が神を冒涜しているみたいなことを言うんですからね。まったく、おれにはヨブの気持ちがよく分かりますよ。」

「そうすると、君は神がどうすれば納得できたんだ。」

「親父が自分の罪を完全に暴かれ、自分が何の救いにも値しない人間だということを思い知らされて、絶望の闇に沈んでいった、というような最後だったなら、まだしも理解できましたけどね。それなら、本人が首を吊るとか、手首を切るとかいった形で現れていても良いはずだった。それなのに、実際には『百点満点の人生だった』って、これですからね。『裁きの神はどこにいる』って、本当に言ってやりたくなりますよ。」

「しかし、本人がいくらそう言ったからといって、本当に百点満点と思っていたかどうかは、外からじゃ分からないんじゃないのか。ああいうパリサイ人種ってのは、絶対に真実ってものを口にしない。連中の言うことはすべて嘘であって、自己の人間性そのものまで、全部欺瞞によって出来上がっていると言っても良いぐらいだ。イエス・キリストだって言ってるだろう。『汝らは、汝らの父たる悪魔に属し、父の欲望を叶えたいと望んでいる。悪魔は最初から人殺しであって、真理を拠り所としていない。なぜなら、彼の内に真理はないからである。悪魔が虚偽を語るとき、彼は彼の本性の言語で語っている。彼は嘘つきであり、嘘の父だからである』と。」

「しかし、自分自身まで完全に丸め込めるほどの嘘つきだったら、そんな人間は一切真実によって傷付いたりはしないってことにもなる。どんなに都合の悪いことでも全部誤魔化して、何もなかったことにしてしまえるんなら、全然気にもならないって、そういうことでしょう。悔恨も、慙愧の念も、一切連中には存在しないっていうんだから。あまりにも馬鹿過ぎて、自分が馬鹿だということすら分からないほどの大馬鹿は、自分が馬鹿だからといって思い悩んだりはしない。それどころか、却って自分ほど優れた人間はいないって、勝手に思い込んでいる。」

「虚偽は真実が在って、初めて虚偽となる。つまり虚偽を語る者は、同時に真実が何かも知っている者でなければならない。真実を知っていながら、絶対にそれを語らないという点において、連中は欺瞞の塊であり続けるわけだ。『悪魔は本性の言語で虚偽を語る』というのは、連中は真実と虚偽とのうち、必ず虚偽の方を選ぶ性格をしているということだ。だから、自分で自分を完全に丸め込めるほどの嘘つきなんてものは、実際には存在しないと思うべきだろう。一方、虚偽を本気で真実だと思い込むのは、欺瞞ではなく錯誤であって、これは罪を伴う行為ではない。連中はそれとは違って、最初から百も承知で嘘をつくっていうんだから、真実は真実でちゃんと知っているってことになる。」

「それじゃ、なぜ連中は真実の方を語らないんです。」

「真実は連中にとって、余りにも耐え難いからだ。連中は自分自身の、あるがままの姿を見ることができない。

それはあまりにも醜く、どす黒く腐り果てており、とても直視できるような代物ではないからだ。だから連中は、本当の自己認識を潜在意識の中に埋め込み、欺瞞の薄暗がりに逃げ込もうとする。そして演技によって作り上げた、見せかけだけの自己でもって、外部に接しようとするわけだ。全部欺瞞によって出来上がった人間性というのは、要するにそういった、完全自己逃避型人格とでも呼ぶべき代物なんじゃないのか。その本質は、極端な劣等感情、怯え、自己の無価値さ、無意味さ、無能さの認識、そんなものだけで出来上がった、まったくの退歩的、自滅的人格だ。要するに、あらゆるネガティブな感情がこじれにこじれ、複雑化するだけ複雑化して、どうにも手に負えなくなってしまった、末期癌のような精神状態ってわけだ。」

「しかし、そこまで自分自身が耐えられない人間なんてものが、本当にあるんですかね。あるがままの自分であることができないほど、それほどの痛みを伴う自己認識ってものが、実際あるのかって思えますね。」

「あるどころか、人類の大半はそんな人種で出来上がってるんじゃないのか。君の親父にしたってだ、本当に『百点満点の人生だった』なんて、思っていたと思うか。おれにはこの世の中に、百点満点の人生を送ることのできる人間なんてものが、実際に存在するとは思えない。もし本当に百点満点の人生を送ることができるのなら、なんで我々は救世主なんてものを必要とするんだ。だから、君の親父だって本気でそんなことを思っていたとは、とても考えられないね。常識的に言って、どんなに良くできた人間の人生だって、不完全な部分を多々残して終わるってのが普通だろう。どれほど最高の人生を作り上げたいと望んだところでだ、欠陥だらけの愚かな人間にできることなんか、最初から知れたものだ。我々にしたって、一生かかって散々努力して、やっとの思いで『汝の罪は赦された』って、神の声が聞こえる所までたどり着けるかどうかってところだからな。通常人の何倍も頑張っている、我々ですらだ。ましてや、恥ずべき事を好き放題に繰り返して、君の目にも唾棄すべき人間としか映らないような奴が、『百点満点』ってことはない。」

「そうすると、親父は死に臨んでなお嘘をついたんだと、そういうわけですか。」

「おれには、そうとしか思えないね。正しい生き方をしようと、ただそのためだけに努力している我々ですら、数え切れないほどの罪を犯し、どれほど悔恨の念に責め苛まれるか分からないほどだ。それが神の慈悲で福音に巡り逢い、やっとの思いで人生に希望が持てるところまで、たどり着いてきたんだ。そういった経験を何も持たない、神もなければ来世もない、聖書や仏典を読んだところで何がなんだかさっぱり理解できない、そんな奴が自分の死に臨んで泰然自若、縦容としてそれを受け入れられる境地に、達することができるはずがない。」

「そうすると、親父はおれに腹の底から軽蔑されているのを知って、また自分がそうされて当然の人間であることを感じて、『何も思い残すことはない、百点満点の人生だった』なんて、言ったってことになりますね。」

「そいうことだ。君に対して、どうにも惨めで惨めで仕方のない自分自身を、見られたくなかったんじゃないのか。だから、そんなせりふを口にせずには、いられなかったんじゃないのか。親父の一生が、君の目に完全に失敗してしまった人生としか映らないのなら、本人の目にだってそうとしか映っていなかっただろう。だから、それが耐えられなかったんだ。ああいう、自己逃避型の人間ってのは、自分の内部に自己肯定の基盤を作り上げることができない人種だ。連中は、自分自身を誇りに値する人間に作り上げる代わりに、自分の外側に金箔だの銀箔だのを張り付け、御大層に飾り立てて、あたかも自分が価値ある人間でもあるかのように見せかけようとする。そうして、世間様からの賞賛にありついて、自己の実相から目を背けようとするわけだ。しかし、どれ程麗しく飾り立てようが、所詮空中楼閣は空中楼閣だ。中身は空っぽの伽藍堂で、何もない廃墟のような人生だというわけさ。」

「そうすると、曽倉部長は裁きがあったと言うんですか、おれの親父にも。」

「裁きがあったかどうかは分からない。神は魂を裁くのであって、肉を裁くのではない。だから、君の親父が裁かれたかどうか、外側からどれ程見たって、本当のところ、神と本人にしか分からないんじゃないのか。おれが言っているのは、本人が自分で言ってるみたいに、『百点満点の人生だった』なんてことは、絶対になかったってことさ。」

「しかし、それじゃおれの腹の虫が収まりませんね。子供の頃からの、二十年以上にも渡って積み重ねられてきた恨みや復讐心は、ちょっとやそっとで癒されるものじゃないですからね。」

「そうだろうな、それが当然だよ。しかしこの地上は、すでに話した通り、神の暗黒面が現象化した世界だ。この地に喜ばしいこと、麗しいことなんて、最初から何もありはしない。喜ばしく、麗しげに見えることが何かあったとしても、所詮それはこの世の抜け作どもを釣り上げるために、サタンが巧妙に仕組んだ罠に過ぎない。だからブッダだって言ってるだろう、『幸福は滅びの罠である。慎重にこれを避けよ』って。この世には幸福な人間なんて、誰もいやしない。君の親父だって、不幸な人間のひとりであったことに、変わりはないわけだ。いいかね、恨みや復讐心から自由な人間なんてものは、この世にひとりもいない。君と父親との違いは、君には福音が与えられており、父親には与えられていなかったという点だ。この違いというのは、要するに『肉に蒔く』者と、『霊に蒔く』者との違い、つまり滅びに定められた人間と、救いに定められた人間との違いのことだ。君の親父は、君にとっては我慢ならない奴だったかも知れないが、所詮は天から見捨てられた、小さな、哀れな人間に過ぎない。おれの目には、君の何倍も不幸な人間だったとしか映らないね。所詮、闇の子は闇に投げ込まれて終わる以外に、行き着く所はないのさ。生涯に渡る労苦の末に、無限永劫の闇に飲み込まれるときの気持ちがどんなものか、君は想像できるかね。」

「しかし、霊に蒔く者が救いに招かれているとは、ただ言葉のうえの事柄だけかもしれないじゃないですか。今おれたちが話し合っているのは、神が本当に約束通りの、義の神かどうかってことですよ。それがどうもちゃらんぽらんで、はっきりしないものだから、これまで議論してきたんじゃないですか。おれたちが誠心誠意、正しい人間であろうと努めてみても、それを救うか見捨てるかは神次第だってんですからね。イエス・キリストだって、十字架上で『我が神、我が神、どうして私をお見捨てになったのですか』って、叫んで死んだんだから。魯迅なんかこの部分を読んで、キリスト教に対する関心をまったく失ってしまったって、そう言ってるんですからね。そもそも、『神が求めるものは慈悲であって、生け贄ではない』って、自分で言っておきながらですよ、イエスを磔にして殺すってのは、いったいどういうことなのか。イエスの十字架上の死は、生け贄の死以外のいったい何だっていうんです。パウロだって、伝承によると、ネロの迫害に遭って殉教したっていうし。生け贄は好まないって言ったのは、神自身でしょう。ところが実際には、何をするにも血生臭い生け贄を必要とするってんですからね。いったい、どこが慈悲の神、愛の神だって、言いたくなりますよ。」

「慈悲の神、愛の神、憐憫の神っていうのは、神の光の面の性質であって、我々の置かれたこの地上とは、反対側の世界の話だ。イエス・キリストは、我々の救いのために地上にもたらされたというが、本来闇に属する我々を、無条件に光の国に入れるわけにはいかない。それじゃ神の暗黒面が宥められないってことで、イエスやパウロが身代わりに殺されることになった。そうせずにはすまなかったんだよ。残忍、無慈悲、暴虐の神が、この世の支配者であって、何につけても流血を要求する。そういった意味じゃ、神はローマのネロや、ウガンダのアミンや、北朝鮮の金忘恩と、大した違いはない。むしろ、ああいう悪魔の化身、暴君連中こそ、神の闇の部分が、人間の形を取って世に現れたってことなんだろう。」

「それにしても、パウロにしたって、あれほど全身全霊を挙げて神に仕え、宣教に努めてきた結果、殉教させられたっていうんじゃ、あまりにもひど過ぎると思いますけどね。磔にされたか、火炙りにされたか、ライオンに喰わされたか、どっちにしたって神は自分に従う者を散々引き回した挙句、残酷極まりないやり方で殺すってんだから。これじゃ、理不尽どころの騒ぎじゃないですよ。イエスがゲッセマネで、『こんなふうに殺されたくない』って、祈った時の気持ちを、考えたことがありますか。」

「確かにな、まったく君の言う通りだ。この暗黒の地上において、神の慈悲、憐憫、博愛を期待するのは、実際不可能な話だろう。それらは神の光の面においてのみ、手に入れることができる特典だ。ここ地上においては、我々にも光の国へ入れてもらう資格がありますようにと、ただ祈る以外に何もできない。しかしその一方で、キリストの福音を聞く耳が、我々には与えられているということもまた確かだ。キリストは、光の国へ我々を招き入れる力を持っており、我々はそれに与かることができる。それだけが、我々に与えられた神の慈悲であり、それ以外に、この地上に救いと呼べるものはない。」

「でも、我々だって『我が神、我が神、どうして私をお見捨てになったのですか』って言って、死ぬかも知れないじゃないですか。」

「そうだな、そういう結果になるかも知れないな。しかし、もし我々が、実際に見捨てられても仕方のない駄目人間であったなら、我々の前に聖書もキリストも、現れてきたりはしなかっただろうし、福音を聞く耳も、与えられたりはしなかっただろう。またもし神が、まったくの暗黒の神でしかなく、我々に福音を与えておきながら、なおそれを裏切るというのであれば、そんな神など崇めるには値しない。実際神は、我々人間に劣る存在であることを、みずから証明することとなるだろう。」

「人間に劣る神なんて、いない方がましじゃないですか。ユングじゃないけど、神の方が人間に追いつかなくてはいけなくなってしまう。しかし、我々は救いに招かれてるといったところで、本当に神の光の面なんてものがあるんでしょうか。闇の子である人間に、神性の種子が蒔かれたのは、やがて神の子として光の国に入れてもらえるためだと、そういう話だったけど。」

「あらゆる価値の認識は、対比によってのみ生ずる相対的な観念だとは、繰り返し論じてきた通りだ。対立する反対の価値が存在しない限り、いかなる価値の認識も生じない。強い者が存在するためには、同時に弱い者が存在せねばならず、美しい者が存在するためには、同時に醜い者が存在しなければならない。ところで、我々がこの地上の有様を観ずる時、それは残虐、無慈悲、悲惨、非道、邪悪などといった言葉をもって表現するのが、最もふさわしいと感ぜられるわけだ。これはいったい、何を意味しているのか。何度も話した通り、世界は対立する力の均衡が保たれることによって、存続している。別の言い方をすれば、この世とは反対の価値構造によって存立する世界がなければ、この世は存在し得ないということだ。これは、我々がこの地上を悲惨の世と捉えるのは、暗黙のうちにその反対原理によって成り立つ世界を想定しているということだ。では、なぜ我々はそんなふうに思うようできているのか。」

「なるほどね。それに、もうひとつには、なぜ我々には、利他心、道徳観念などという、肉の生存には不必要、というより不都合な機能が備わっているのか、という問題がありますね。これらが示すものは、この地上とは正反対の原理によって保たれている世界があるからだ、という以外に何もありませんね。つまり、利己的原理がこの地上を支配しているのなら、天上を支配するのは利他的原理であると。要するに、光が存在するためには、闇が存在しなければならない、この暗黒の地上とは正反対の、光の原理によって成り立つ世界がなければ、誰も地上を暗黒の世と感じたりはしない、そういうことですね。慈悲、憐憫、同情、友愛、そんな言葉がふさわしいような原理によって保たれる世界が存在すると。そうでなければ、この世界を残虐、無慈悲、暴虐、悲惨の世と、誰も感ずるはずはない。むしろ、『感ずることができない』と言った方が、適切ですけどね。」

「利己心とは、人間の肉的生存のために備わった機能であり、利他心とは、精神的生存のために備わった機能だとは、すでに理解できたことだ。肉の人間は、奪い合い、食い合うことによって存在するが、霊の人間は、与え会い、分かち合うことによって存在する。すでに我々の内部において、このまったく矛盾する性格がぶつかり合い、激しい葛藤となって自覚されているわけだ。これは神自身の矛盾が、人間を通じて現象化したものであり、この矛盾こそが人間を『神の似姿』、すなわち神の子たらしめるという話だった。人間は道徳的向上を続けることで、闇の存在から光の存在へと移行し、次第に神に近付いてゆく、ということもすでに論じてきたことだ。」

「また、神は人間になることを欲し、精霊を人間に与えることで、人間の苦悩を体験しようとする、これはユングが言ってたことですけど。こうして見ると、やはり神は我々を救ってやろうとしているんですかね。慈悲の神、憐憫の神、愛の神ってものが、やはり存在するのだろうかって、思えてきますね、天上には。」

「まあ、それよりも、我々が神の目に救いに値する人間であることと、神の光の面に希望を持ち続けることの方が、実際、大事なんだろうけどな。」

「それでも、これまで話してきたんですけど、何となく希望が持てるような感じもしますね。」

「さて、今回は旧約聖書の中でも特に議論の多い、『ヨブ記』について話してみたわけだ。従来、『ヨブ記』に著されたテーマを論ずる場合、ヨブは義人であったにもかかわらず、なぜ神は彼に手酷い試練を与えたのか、という視点で議論されるのが常だった。それを我々は、義人だろうが悪人だろうがお構いなく災いを加えてくる神に対して、最初に異議を申し立てたのがヨブだった、という点に着目して考えてみたわけだ。ただ外的権威に盲目的に服従するだけの、伝統的ユダヤ人の中にヨブが現れたのは、自分の頭で善悪を判断することのできる、自律的な道徳原理を備えた人間の先駆けとしてではなかったのか。それがヨブをして、人間の分際で神に反抗するという、前代未聞の行動を取らせたのではないか。こうして見ると、ヨブは人類の道徳的進化の過程で、ソクラテスによって『希求切望の道徳』が発見されるまでの、いわば過渡的な段階の人間だったのではないか。我々は、そう考えたわけだ。そしてソクラテスの『希求切望の道徳』は、キリストの愛による救済原理にまで、やがて発展してゆくわけだが。」

「そうですね、人類の道徳原理の発展にも何段階かあって、低いレベルから高いレベルへと移行して行ったと、そう考えるのが自然でしょうね。外的権威に盲従するだけの他律的道徳から、自己完成を目指す希求切望の道徳、そして最高の精神的成長段階としての、愛による救済の道徳へと、道徳原理は進化してきました。ヨブ記は、その進化の過程の中で、言ってみれば一種のエポックメーキングみたいな意味を持っていたと思いますね。何と言っても、人類の中で最初に神に盾突いた人間だったんですからね、ヨブは。一方、神は義人だろうが悪人だろうが、お構いなく災いを振り掛けてくるのはなぜか、という疑問の方は、なかなか困難なテーマでした。実際、それがあるから『ヨブ記』は、世界的な文学ともなり得たのではないでしょうか。果たして神というのは、本当に慈悲の神、愛の神、義の神なのかって、正直に自分の心を認める人間なら、誰もがそういう疑問を抱かずにはいられませんからね。」

「はっきり言って、この地上で神の義を見る機会というものは、まずないからな。この世で我々がお目にかかるものと言えばだ、非道、残虐、無慈悲、不公正、欺瞞、そんなものばかりだ。義を求めれば求めるほど、『裁きの神はどこにいる』って、そう思えてくる。もし、それを認めない奴がいたとしたらだ、そいつはとんでもない偽善者だと思うね、おれは。そんなことを口にしたら損だからって、黙ってる奴は結構いるかもしれないが。でも、いくら黙ってたって神には分かるんじゃないのか、そいつの思ってることぐらい。なんてったって、『腎臓(むらと)を探る神』だからな。」

「そうすると、我々はヨブと同じで、正直な分だけまだ見込みがあると、あるいは神の目にもそう映っているかも知れませんね。」

「この地上を、神の闇の部分が現象化した世界と捉えるのは、神の光の部分の存在を、あるいは無意識のうちにかもしれないが、我々は認めるからだ。キリストの死と復活は、この闇の世に差した一筋の光だった。神はキリストを遣わすことによって、自身に光の部分が存在することを、地上に啓示された。実際、我々にできることとは、その光の面に対する希望を支えに、この邪曲の世を渡って行くことでしかない。」

現代のパリサイ人　一

「人生を成功させること、つまり生涯の最期に臨んで『生きてきて良かった』と、納得できるような人生を自分に与えるには、どうしたら良いのか。この問題について、我々はずっと議論してきたわけです。この結果、人生の終局的な目的とは、道徳的人格を完成させること、それによって肉的生存の呪縛から自己の心霊を解放し、より高次の生存の領域、すなわち霊的、精神的生存の領域に到達することである、という明瞭な答えを得ることができました。」

「道徳的自己完成とは、同時に信仰に到達する生き方を意味するものでもある。信仰とは、神によって人の心に蒔かれた神性の種子が芽を延ばし、その人の心を支配するに至った状態を意味する。つまり、最高善、絶対善たる神を目指す生き方が、すなわち道徳的自己完成を目指す生き方だということだ。また、そうして達成された真性の善は、必然的に外的な行動となって現れ、個人の内部にとどまってはいない。つまり、まず道徳的人格が存在し、その自然な現れとしてなされたものが本来の善であり、この反対の場合、つまり信仰ないしは道徳的人格を伴わない善的行為というものは存在しない。

『人は行いによって義とされるのではなく、信仰によって義とされる。』

従って、外観はまったくの善行に見えるような行いであったとしても、それが道徳的人格の発露によるものでなければ、それは真性の善ではあり得ない、つまり偽善だということだ。」

「行いによって義とされる道徳、すなわち律法主義の欺瞞はすでに理解できたことです。しかし、この世の善という善は、すべて行いによる善であると言っても、過言ではありません。我々はすでに成長過程の初期において、『学校の道徳』のような偽善を教え込まれ、世の賞賛を獲得し、叱責を避けるような行動を取るように条件付けられてしまいます。この他律的道徳原理の呪縛を、真性の道徳によって打ち破らない限り、道徳的自己完成を目指した努力も開始できないということになります。ところが、これは世の趨勢に逆らう、異端の生き方であって、このような生を敢えて選ぶ者は、外的世界との軋轢が不可避となります。そのような場合、我々に敵対する主要な勢力は、現代の律法主義者と呼んでも良い、頑迷固陋、偏狭で、閉鎖的で、反動的で、そのうえ傲慢極まりない、一度体で覚えた生活の指針を、盲目的に繰り返す以外に何の能もない、例の人々です。」

「我々が『肉に蒔く者』と呼んでいる連中のことだ。彼らには、主体的、自律的な道徳原理というものが存在せず、外的な規範によって指針を与えられなければ、何をして良いのかが理解できない。また、外的な強制によって押さえ付けられていなければ、もともと無道徳の彼らは、相互にとって危険な存在となる。このような人間を統制するために、社会が作り出した規制原理が、『社会コントロール』と呼ばれるものだ。しかし、これは同害報復原理が現象化したものに過ぎず、真性の善ではなく、むしろ必要悪と呼ぶべきものだ。ところが、これ以外に善悪の指針を持たぬ者、自律原理としての道徳を持たぬ者にとっては、これを善と見なす以外に方法がない。このような事情から『律法主義』、すなわち雁字搦めの規則遵法主義が生じてくる。律法主義者にとっては、既成の権威に服従し、形式を杓子定規に遵守し、厳かに儀式を執り行い、立派な肩書きを付けて、世の亀鑑たるべき地位を得ることが、最も重大な人生の課題となる。」

「中身のない人間にとっては、外観を飾り立てる以外に、どうすることもできないというわけですね。」

「しかし、このような行為は、空中楼閣にも等しい虚構の生を作り上げるものでしかなく、全くの愚行としか言い様がない。自己の内部に真性の道徳的人格を作り上げることによって、外的規範の束縛から自己を解放しようとする我々にとって、このような生き方は絶対に首肯できるものではない。しかし律法主義者は我々に対しても、十把ひと絡げに同じ基準に従うよう強要してくるというわけだ。他律的道徳原理とは、人間を支配するための強権的道徳原理のことであり、従って律法主義者は必然的に権威主義者としての性質を、濃厚に持ち合わせた人間ということになる。つまり連中は、『支配する』あるいは『処罰する』という行為に、充足感を覚えるタイプの人間だということだ。これは真性の道徳的人格、すなわち同情心を基礎に置いた博愛的人格構造と、真っ向から対立する権威主義的人格構造（authoritarian personality）であり、我々とは絶対に相容れるものではない。このような理由から、律法主義者はこちらが好むと好まざるとにかかわらず、我々が敵対せざるを得ない相手となるわけだ。」

「神性の種子を心に宿した者以外、真の道徳原理を得ることはできず、またそのような人間は、ここ地上においてはまったく例外的な、稀有の存在とも言えるものです。真の道徳原理、すなわち同情、憐憫、慈悲などの利他的心情、あるいは廉恥、悔恨、慙愧といった、克己的心情からなる道徳原理は、この呪われた地上には存在せず、天に属する者にのみ備わったものだからです。従って、このような少数者の道徳によって地上を治めようとするのは、最初から不可能と分かり切った試みであり、我々は毛頭そのようなことを考えてはいません。むしろこの地上において、神によって選ばれた目のある者、耳のある者に向かって働きかけ、我々とともに神の国を目指して進むことができるようにと、そちらの可能性を追うのみです。その過程において、我々は律法主義者から浴びせかけられる執拗な干渉、妨害、侮辱、憎しみ、敵意などとの戦いを余儀なくされることになります。イエス・キリストもまた、当時のパリサイ人と戦いながら、自分の使命を果たしました。このような戦いに勝利を収めるためには、律法主義の権化、パリサイ人種とはどのような手合いなのか、彼らの心理構造を批判分析し、理解しておく必要があります。」

「パリサイ人というのは、キリスト生誕以前からイスラエルに存在した、律法を厳格に遵守し、ヤーヴェを絶対的に信奉し、伝統的なユダヤ主義を保持しようとする、極めて保守的、反動的、愛国的、民族的な人々の一派を意味する。イスラエルにおいて、パリサイ人は民衆に対して指導的な立場にあり、謹厳で、相応の権威を持った人々だった。ところが、イエス・キリストの登場に及んで、旧約における道徳原理、律法主義は攻撃の対象となり、パリサイ主義者の信仰は見せかけだけの、欺瞞の塊として、手酷く批判されることとなった。キリストの説いた、愛に基づく真性の信仰は、旧約の道徳原理が単なる形式主義に過ぎないことを証明し、パリサイ人の化けの皮を剥いだというわけだ。キリスト以後、一般的に偽善のことを『パリサイ主義』などと呼んだりするようになった。こういう意味で言えば、現代、過去、未来の、いつの時代にも、キリスト教に限らず仏教にも、パリサイ人は存在することになる。」

「外的規範以外に行動の指針を持たぬ者、外部から加えられる罰則によってしか自己の行動を制御できぬ者、内的な道徳的人格を持たぬ者、杓子定規の規則遵法主義を正義と思い込んでいる者、律法主義者、中学生レベルの道徳原理に一生しがみついて終わる者、同情も、憐憫も、慈悲も、利他的心情を一切持ち合わせぬ者、愛のない者、利己心以外に何も持ち合わせぬ者、身勝手な自己満足を善行と思い込んでいる者、偽善者、……要するに、それがパリサイ人種だということです。」

「肉の人間というのは、行動の指針たる内的原理を持ち合わせず、罰則と報酬とからなる外的規範によって支配された、他律的人間だというのは重々述べてきた通り。してみると、パリサイ人種というのは、外的な報酬を、自己肯定の認識と取り違えている人種だということになる。」

「自己の内部に、立脚点となるべき強固な核を作り上げない限り、人は自分の外側の押す力と引く力に衝き動かされるだけの、軽佻浮薄で自信のない人間のままでいなければなりません。また、そうした者にとっては、批判されぬよう外側を飾り立て、世間様から褒めてもらうための『見せる』善行に精を出すことが、もっとも重要な課題となるということでしょう。また、世間に見つかりさえしなければ、不道徳な行いも不道徳とはならない。ここから、表向きはいかにも聖人ぶって振る舞いながら、隠れてこそこそ不正を働くような、姑息な人間性が生じてくる。」

「言っていることや見せている姿と、実際の人格とが、まるで反対の人種がパリサイ人なわけだ。しかし、中身は腐るだけ腐った利己主義者が、なんでそうまでして自分のことを立派な人間に見せかけようとするのか。要するに、連中は世間様から褒めてもらうことで、自分のことを優れた人間でもあるかのように『思い込もう』とするわけだ。」

「誰でも、たとえ悪人であっても、善を志向するという話だったでしょう。なぜなら善、すなわち『私は正しい』という認識は、自己肯定の認識であり、これによって人は自分自身に精神的な存在の根拠を与えることができるからだと。だから、どんな人間でも、自己の道徳的な正当化を必要とする。」

「しかし、パリサイ人種というのは、もともと内的な道徳的人格を持ち合わせないために、どれほど道徳的に振る舞いたくてもそれができない連中のことだ。だから連中は、臭い猿芝居で善行を装って、あたかも道徳的な人間ででもあるかのように見せかけようとする。しかし、演技によって道徳的に振る舞ったところで、それで自分自身をたぶらかすなんてことが、本当にできるはずがない。」

「心の底では自分の偽善に気が付いているんじゃないんですか、パリサイの手合いでも。ただ、それをどうしても認めたくないだけで。連中はあまりにも腐り果てた自分の姿を、とても見るに堪えないから偽善の中に逃げ込むんだと、曽倉部長も前に言ってたじゃないですか。」

「要するに、優れた人間でもあるかのように『振る舞う』ことによって、自分を優れた人間と『思い込もう』とするわけだ。『我こそは万民の鑑なり』って顔をして、大口を叩いて、大言壮語、自画自賛、そんなことばかりだろう。麗しい理念ばかりを並べ立てて、言ってることと、実際にやっていることとはまるで正反対。」

「それでも、人が麗しい理念を並べ立てたり、理想を主張したり、そういうことを始めるのは、大抵は中学ぐらいからじゃないですか。すでに十代の前半から始まってしまう、この『偽善』とは、いったい何なのでしょう。……」

『偽善に比べたら、むき出しの悪の方がどれほどましなことだろう。』

パリサイ主義を論ずるに当たり、我々は偽善という、この唾棄すべき原理の本質を、徹底的に解明し、また批判しなければならないと思います。」

「人は第二成長期に入ると、自律能力が発達し始め、精神に備わった各種の指導理念が自覚され出す。誰もが、

『人間はこうでなければならない』といった理想に目覚め出すわけだ。ところが、中学生レベルの成長段階では、理想を実際の生活原理として実現するだけの域には達しておらず、まだ言葉で表現できる程度でしかない。それでも、中学生というのは、そうして麗しい理念を口にするだけで、もう自分がそれだけの人間になってしまったように思い込むわけだ。問題は、この時点で人間の根源的な欺瞞、パリサイ主義が始まってしまうということだ。そして大多数の人間は、この段階以上に自己の精神を成長させようとはしない。つまり連中は、一生中学生の段階にとどまったまま、終わってしまうというわけだ。理念は飽くまでも理想概念、つまり生まれつき人に備わった先験的知識に過ぎないのであって、個人の道徳的人格とは別のものだ。理念が人格のレベルに達するには、相応の過程を必要とする。そうなる以前に義とは何か、愛とは何か、利他的心情とはどのようなものかといったことを、言葉のうえでどれほど論じたところで、所詮は空論に興じているに過ぎない。」

「しかも、学校そのものが、そういった欺瞞を教え込む場所でもあるっていうんですからね。」

「で、おれなんか中学生の頃には、連中のそういった見せかけだけ、口先だけの善が我慢できなくて、よく衝突したものだ、『言葉だけで立派なことを並べたてるよりも、自分がその通りの人間かどうかの方が大切だろう』ってね。それで、あいつは嫌なことを言う奴だって、みんなから嫌われた。特に教師に嫌がられたね。」

「そうでしょうね。その、口先だけの綺麗事、偽善を生徒に吹き込んでいるのは、何と言っても教師なんですからね。『自分がその通りの人間か』なんて言われたら、グサッとくるんじゃないんですか。」

「それで、教師はおれに向かって怒り出すわけだ、『確かにお前の言うことは正しいが、そんな言い方では良くない』とかなんとか言って。卑怯者の常套手段というか、要するに主張の正当性の問題を、言葉の適否の問題にすり替えようとするわけだ。ともかく、三十もとうに過ぎた大の大人が、十四、五歳の小僧相手に、むきになって反抗してくるってんだからな。『お前の言うことはレベルが高すぎて、ほかの生徒たちにはついて行けないんだ』と、本当のことだけは絶対に認めてたまるかと、歯を食いしばって抵抗して。」

「まったく、どっちが大人なのか分かったものじゃありませんね。でも、曽倉部長なら中学の頃から、大抵の大人よりも賢かったんじゃないんですか。だから教師にしてみれば、きっと怖い相手だったんだろうと思いますね。その教師だって、所詮は『ほかの生徒たち』が、歳を取って狡くなっただけの代物なんだから。」

「道徳教育の目的は、人間の道徳的人格を涵養することにある。麗しい理念を並べるだけの、単なる主張のための主張や、行いによる『見せるための義』は、道徳の目的ではない。個人の内部に真の道徳的人格が形成されれば、それはおのずから言葉や行いとして、つまり結果となって現れるものだ。例えば桜の木は、『桜の花を咲かせよう』と思って、花を咲かせるのではない。桜の木は、何も思わずとも桜の花を咲かせる。しかし、それは桜の木が立派に育ったうえでの話であって、木が育たないことには、どんなに花を咲かせたいと思ったところで、咲かせることはできない。これと同じで、道徳にはまずそれにふさわしい人格が、最初に存在しなければならない。そうして道徳的な人格が形成されれば、人は『良いことをしよう』などとは思いもせずに、良いことをするようになるだろう。そのためには、生徒に美しい理念を主張することよりも、まず最初に美しい理念と実際の醜い自己との間の格差を認識させ、その格差こそが人間の罪であることを教え、罪の奴隷と成り果てぬよう、自省に努める生活態度を学ばせなければならない。そうして初めて、真の意味の善を志向することができるようになるわけだ。」

「まったくね。誰もが自分の愚かさや邪悪さを認識して、他人を傷付けないようにしようと努め出したら、それだけでこの世はずっと良くなるんじゃないんですか。『見せる善行』なんかに熱心に取り組むよりも。悪いことをしなければ、後は良いことをする以外に残っていないんだから。これはひとつの真理だと思いますね。」

「ところが実際には、言葉による主張や、行いによる善の方を、学校では教える。つまり外側だけの『見せる道徳』の方を、中身のある『真性の道徳』よりも優先させるということだ。自分の罪を認識して態度を慎むよりも、行いによって自分のことを義人に見せかけよと、そんな恥ずべき欺瞞を吹き込むのが学校の道徳だというわけだ。イエス・キリストは『右の手が施しをするときには、左の手に気付かれぬようにせよ』と教えたが、学校の道徳では、厚顔無恥にも『なるべく人目に付くような仕方で、善を行え』と、こうくるわけだ。」

「また、そうして出来上がった善の類型を振り回している限り、本人は自分のことを正しい、優れた人間だということにしてしまえる。同時に、類型に逸脱する真似をした生徒は悪者の烙印を押され、みんなからの攻撃の的にされてしまう。つまり、他人を悪者に仕立て上げ、攻撃を加えることで、正義の味方を気取って見せるという、これは要するに生け贄行動、スケープゴーティングの正当化じゃないですか。」

「中学生ぐらいの成長レベルに達すると、スケープゴーティングも頻繁に発生するようになる。集団を構成する個体の中で、知能の低い者、弱い者、醜い者、貧しい者、何かのハンディを負った者、そういった者を標的に、さかんに排撃行動が取られるようになるわけだ。そのときの正当化の方便が、つまり『学校の道徳』だというわけだ。連中は、口先では友愛だの、団結だの、平和だの、協調だのと並べ立てていながら、ひと皮むけば誰かを生け贄にしてやろうと虎視眈々と様子を窺い、ちょっとしたきっかけでもあれば、狙いを付けた相手にたちまち攻撃を加え出す。あいつは友愛、団結、平和、協調を乱す悪い奴だと烙印を押して。」

「ところが、そうしてお互いどうし陥れ合っているような連中がですよ、見せるための善行となると、嬉々としてそれに打ち興ずるっていうんですからね。募金活動だとかなんとか、スーパーの入り口の両側に陣取って、店内に入ろうとする客という客に向かって、大声で寄付を訴えて。あれじゃ、嫌らしくて誰も金を出さないわけにはいかなくなってしまう。ともかくそこを通らないことには、店に入ることができないんだから。そうして、人に心理的圧迫を加えて金を出させるとなると、もう間接的な強制と呼んでもいいんじゃないいんですか、『脅迫』とは言わないまでも。おれは募金活動が悪いって言ってるんじゃないんですよ。善意ってのは、強要するものかって言ってるんですよ。」

「通行税を取り立てているようなものだからな。助け合い、助け合いと、人道的行為という体裁で行われているがだ、連中の本当の目的は義を行うことではなく、『自分は良いことをしているのだ』という、独り善がりの自己満足に浸ることだ。これは飽くまでも利己心の充足行動であって、人助けではない。人助けが目的となるためには、まず行為者に利他的な動機が形成されなければならない。また利他的な動機というのは、本人の心中に同情、慈悲、憐憫などの心情が働いて、初めて形成されるものだ。また、そのような心情が働くようになるには、本人の道徳的素質が非常に高くなければならず、そのうえ『利己心の死』という、厳しい洗礼を経なければならない。この段階に至って、人は初めて純粋な利他的行動を取ることが可能になる。」

「中学生に、そこまでの段階に到達した者が、いるはずがありませんよね。」

「大人の中にだって、そこまでの段階に到達した者は滅多にいない。大多数の者は、中学生以上のレベルには達することもないまま、一生を終わってしまう。『万年中学生』。一方、本当の意味の同情に目覚めた者には、『自分は良いことをしているのだ』などという満足感は存在しない。ともかく、自分以外の存在者の痛みを、自分の痛みと捉える者は、やむにやまれぬ思いから他者のために動くのであって、それが善行かどうかなどと、考えているゆとりはないものだ。だいいち、本当に人助けのために行動するというのであれば、何も大勢の人の前でこれ見よがしにしなくたって、いくらでも機会はあることだろう。人に限らず、小動物であれ、昆虫であれ、草花であれ、助けを求めている相手なんて、どこにだっているではないか。しかし連中は、どれほど助けを求めている者に出会ったところで、それに気が付きもせずに、あるいは気が付いていながらでも、知らん顔をして通り過ぎて行くのが常だ。そうして、哀れな子猫一匹助けてやろうともしない者が、『自分は良いことをしているのだ』と、身勝手な満足感を味わうためなら何でもするってんだからな。まったく天晴れな人助けもあったものだ。」

「しかし、そこまでハッキリ言ってしまうと、『あんたは青少年の純粋な心情を、そんなふうにしか受け止めることができないのか!』って、お叱りを受けそうですね。」

「まったくな。連中は、ことあるごとに『青少年の純粋な心情』などと言うが、無知なのがすべて純粋というわけではない。欺瞞と知らずに欺瞞を働く者は、少しは大目に見てやるべきだ、というのは誤った考え方だ。白黒をハッキリさせないよう、暗黙の合意が出来上がった世界では、人工的に作り上げた絵空事の方が現実よりも重視される。要するに、演技によって作られた『見せる善行』が、本当の善行に取って代わってしまうというわけだ。この結果、自分では一滴の血も流さず、何の痛みも味わわず、身勝手な自己満足を味わって喜んでいるような手合いが、義人面をしてのさばることになる。」

「そう言えば曽倉部長は、以前黒い猫を飼ってたけど、あれは拾ってきたやつですか。」

「そうだよ。段ボール箱に入れられて捨てられていた。あんまり可哀相だったから、拾ってきた。ほかにも、シャム猫の雑種みたいなのを拾ってきたことがある。」

「でもそれは、スーパーの入り口の両脇に陣取って、通行人に寄付を強要するよりは、ずっと人道的な行いだと思いますね。なんてったって、『死んだら可哀相だ。悲しい思いはしたくない』って、知らん顔で通り過ぎるのが普通の人間なんですからね。」

「しかし、おれにできることといったら、せいぜいそこまでだ。どんなに助けてやりたいと思ったところで、捨てられた猫を全部助けてやるわけにもいかない。だから、助けてやることのできない猫の数だけ、おれは自分が罪を犯しているような気がしてくる。そうして哀れな猫のことを思い出すと、夜も眠れなくなってしまうぐらいだ、罪の意識に責め苛まれて。」

「しかし、そこまで考える必要もないでしょう、曽倉部長が捨てた猫じゃないんだから。全部助けてやれないのが罪だなんて思い出したら、切りがありませんよ。」

「まったくその通りだ。しかしこれは理屈じゃなくて、心情なんだから仕方がない。だいいち、おれだって鶏を食ったり、豚を食ったり、牛を食ったり、魚を食ったりして生きてる人間だ。だから、猫だけ哀れんでみても意味がないだろうって、そう言われればまったくその通りだ。それでも、いくらその通りでも、罪の意識が湧き起こってくるのはどうしようもない。これは理屈じゃないんだからな。」

「しかし、そこまでのレベルに達した者にとっては、この呪われた地上というものが、そこはあらゆる存在者が殺し合い、食い合う地獄で、自分がそんな所に置かれているという事実は、きっと堪え難いものだと思いますね。それが全部、自分の罪みたいに思われるっていうんなら。」

「結局、同情心というのは、罪の意識と表裏一体ってことだろう。『誰であろうと、自分の十字架を背負って私に従いなさい』と教えたキリストの言葉が、そのまま自分に当てはまるように思えてくる。そうなると、猫を一匹や二匹助けたところで、とてもではないが『自分は良いことをしているのだ』なんて、満悦に浸れるものじゃない。こんな途方もない罪人である自分が、そんなことぐらいで赦されるものかって、そう思えてくる。」

「この地球上の人間が、一人残らずそう感ずるようになったら、世界から不幸なんてものはなくなってしまうことでしょう。ところが実際には、『自分は良いことをしているのだ』って、自惚れた満足感を味わうことが善行と見なされ、挙句の果てに『あんたは青少年の純粋な心情を、そんなふうにしか受け止めることができないのか!』って、コレですからね。自分じゃ、子猫一匹助けてやろうともしない奴がですよ。まったくのパリサイ天国と呼んでもいいぐらいじゃないんですか、この腐り果てた世界は。しかし、世間一般のレベルから見たら、募金活動なり何なりの結果、実際に困っている人を助けることになるのだから良いことではないのか、ということで終わってしまってますからね。中学生のしていることは、その程度の理解で済んでしまって。」

「『見せる』ための善行なら、それで十分だってことさ。実際、彼らは大人に踊らされてそうしているだけで、自分の行いの本当の意味なんて、何も分かっちゃいない。中学生のすることなんか、所詮は遊びの延長に過ぎないからな。『結果的に人助けになるんだから、良いことをしているんだ』ってね。しかし、我々が今論じているのはパリサイ主義、つまり偽善が発生するのはどのようなメカニズムによるのか、ということだ。道徳的人格の発露としての、つまり利他心の現れとしての善行のみが真の善行であって、世間一般でどれほど善と見なされていようが、神の目に善と映らないなら、それは善ではない。結果的に人を助けることになったとしても、その本当の目的が人助けではなく、身勝手な満足感に浸ることでしかないのなら、それは独り善がりの自惚れ以外の何物でもないということだ。だから、これは結果論よりも、むしろ目的論に基づいて決めるべき事柄だろう。」

「さて、これまで我々はパリサイ主義、すなわち偽善というものが、どのような心理的メカニズムによって生ずるかを論じてきました。人が偽善を働く場合、その根底にあるのは、自分のことを正しくて優れた人間だと『思いたい』という欲求だということでした。自分のことを優れた人間と思いたいという願いを、そのまま自己認識とすり替えることから欺瞞が生じます。さらに、自分の都合の悪い面から目を背け、あるがままの自己認識を避けようとする傾向。これは、本当の自分の姿を受け入れない態度となって現れます。もういい加減、中年にも達しているのに、自分の愚かさから頑として目を背け、絶対に現実を認めようとしないような人間を頻繁に目にします。このような人間は、精神的には中学生のレベルにとどまったまま、一生を終えることとなるのでしょう。というより、自分の愚かさをあるがままに認めることのできる人間などというものには、滅多なことでお目にかかることができない、と言った方が適切かも知れません。」

「中学生レベルの道徳観念しか持たず、ソクラテスの『希求切望の道徳』、あるいはイエス・キリストの愛による道徳原理などにはとても及ばない人間が、『見せる善行』によって自分のことを優れた人間と思い込む。このような世界では、恥ずべき偽善がそのまま罷り通り、真性の道徳を実践する者は常に異端の烙印を押され、敵意と曲解の対象とされる。本物なんかに出てきてもらっては困る、自分が偽善者だってことがバレてしまうじゃないか、とこう来るわけだ。」

「我々の目には、それは途方もない慢心、虚勢、傲慢と映ります。内心では謙虚でも、慎ましやかでも何でもない者が、表面だけ謙虚で慎ましやかに振る舞ってみせる。それほどの傲慢は、ほかにないからです。しかし一般の人間の間では、もうすでに中学生の段階でそういった欺瞞の萌芽が見られ、大人になるにつれてそれが手の付け様もない頑迷な人格へと変わってゆきます。我々が敵対する相手とは、そうして腐るだけ腐ってしまって、もはや健常な精神機能の働かなくなってしまった人間ということになるでしょう。それが真性のパリサイ主義者、真理の門の前に立ち塞がり、自分も入ろうとしないばかりか、ほかの人にも入らせまいとする、例の人種です。」

「しかし、自分のことを優れた人間だと思いたいという意識は、一面において、自分のあるがままの姿が耐えられないという意識が裏返ったものでもある。偽善の本質を理解するうえでのポイントは、ここの所にあるようにも思えるな。」

「今回論じてきたのはパリサイ主義の初期の段階、すなわち中学生レベルで始まってしまう人間の欺瞞と、それを助長する学校などの外的要因についてでした。次回は本物のパリサイ人種、つまり欺瞞が本物の人格にとって変わってしまった人間とはどのようなものなのか、といった点について批判検討してみましょう。」

現代のパリサイ人　二

「前回の議論で、パリサイ主義が生じてくるメカニズムとはどのようなものかが明らかになりました。人間は誰しも、自分自身が優れた者でありたいと願っています。ところが多くの者は、自分が優れた人間になることよりも、優れた人間だと『思いたい』という欲を満たすことの方に熱心に取り組みます。彼らは、すでに自分がひと廉の人物になってしまったかのように振る舞い、それによって本来の自己の姿から目を背けるようになります。このような傾向は、第二成長期頃から顕著に人に現れ始め、『見せる善行』や『行いによる義』という欺瞞となって現れてきます。こうして見ると、人間は一人残らずパリサイ人種としての素質を持って生まれて来るもののようにも思われます。」

「それでも、多少自省能力の高い人間は、理想と自分自身との間の格差を認め、それを埋め合わせようとする心情、つまり向上心を抱く場合もある。こういう人間は、自己の実相から目を背けないという点で、『見せる善行』で自己欺瞞を働くような連中に比べたら、余程ましな人種と言えるだろう。ところが、そういう見所のある人間でも、大人になるにつれて、若い頃の志を次第に失ってゆくというのが常だ。」

「それに実社会に出れば、エサにありつくための競争に巻き込まれて、お互いに蹴落とし合い、噛み付き合う日々の中に、理想なんてものはたちまち失ってしまいますからね。どのように精神的な生活を送ったら良いのか、なんてことは滅多に考えもしなくなって。それどころか、『それは理想だよ、世の中には現実ってものがあるんだ。綺麗なことを言っていては生きていけないんだ』とかなんとか、精神的な生活そのものが、まるで現実じゃないみたいなことを言い出す。『これしかない、これしかない』って、自分自身に言い聞かせて。」

「そうして、相互に加え合う害悪の均衡によって、見せかけだけの平和を保つ原理、つまり社会コントロールによって支配された生活に巻き込まれ、それが当たり前の状態となってしまうわけだ。このような世界では、より大きな害悪を加えることのできる奴が、より正しい奴だということになり、正義が力ではなく力が正義の、腐り切った原則が罷り通ることになる。この結果、一番悪い、一番腹黒い奴が、一番正しい奴みたいな顔をして、一番高い所で踏ん反り返るといったようなことが頻繁に起こる。これはどこの世界でも、例えば正義や道徳を扱う業界、教育者や聖職者の世界でも同じことだ。より腐った、より悪い奴が、より優れた人間と見なされる原理が、義や真理を取り扱う世界すら支配しているということだ。イエス・キリストの攻撃した、真のパリサイ主義者というのは、まさにそういう連中だったわけだ。」

「しかし、そこまで中身の腐ってしまった外道が、自分のことを正しくて優れた人間だなんて、本当に思えるんでしょうかね。自分自身に向かって、嘘を本当と『思い込ませる』なんてことが、実際にできるのかどうかってことですけどね。以前話したことがあるけど、おれの親父なんか、まったくのパリサイ主義者もいいところでしたからね。それが最終的には、『何も思い残すことはない。百点満点の人生だった』って、安楽に死んでいったんですからね。」

「また君の親父のことか。」

「こればかりは、忘れようがありませんよ。あれほど家族を傷付け、裏切って、屁とも思わないような奴がですよ、表向きは役人の管理職で、社会的成功者だってことになってしまってるんですからね。ひと皮むけば他人を蹴落としたり、人の手柄を横取りしたり、責任を部下になすり付けたり、そんなことばかりしてきた人間がですよ。あんな奴は、小手先の要領で組織に乗ってきただけの、まったくのチンピラ役人じゃないですか。そんな下劣な奴が、なんで自分のことを優れた人間だなんて思うことができるのか、おれは絶対に納得できませんね。」

「そもそも連中が、お互いに優位を競い合って、世俗的な高みに達しようとするのは、自分のことをひと廉の人間と思いたいからだろう。連中にとっては、世俗の競争に勝つことが、すなわち優れた人間の証明というわけだ。そうして一旦競争に巻き込まれると、もうそれに勝つこと以外、何も眼中になくなってしまう。その結果連中は、自己の人格の完成のために用いなければならない人生を、社会的成功者になるために費やしてしまうというわけだ。他人を蹴落とし、陥れ、出し抜いて、そのうえ上役のケツを舐めたり、あらゆる汚い手段を用いて出世してだ、それが人生を成功させることだと思い込んでいる。」

「そんな奴が、どうして自分のことを優れた人間だなんて思えるんですか。」

「優れた人間だなんて思ってはいない。『思いたい』という欲を満たそうと、足掻いているだけだ。連中は、あたかも自分がひと廉の大人物みたいに振る舞うことで、そう『思い込もう』と、必死で努めているということだ。ところが連中にはそこの所が、つまり自分自身に対して猿芝居を打っているということが、理解できていない。要するに、成功者になったという意識で目が眩んでしまって、それに気付くことができないわけだ。というより、絶対に認めてたまるかと、ほとんど無意識に抵抗していると言った方が正確かも知れないが。しかしどれほど自分のことを、優れた人間だと『思いたい』と願ったところで、優れた人間になることはできない。だから連中は、自分のことを優れた人間だなんて思ってはいない。いや、思うことができない。」

「しかし、自分が優れた人間ででもあるかのように振る舞うことで、自分自身を丸め込むなんてことができるのかどうか。おれが言ってるのは、そこん所ですよ。」

「まあ、自分を丸め込むことはできないが、優れた人間になってしまったみたいな『気分に浸る』ぐらいのことはできるんじゃないのか。連中が、ことあるごとに自己顕示的な行動に走るのは、外部からの反応によって、その虚構があたかも真実ででもあるかのように、自分自身に思い込ませるためだ。社会的成功者の皆さんってのは、綺麗な服を着て、ことあるごとに立派な肩書きをひけらかし、そのうえ何かと言えば善行に励みたがるだろう、しかも必ず目立つようなやり方で。聖人面して振る舞って、新聞に載ったり、テレビに出る機会なんかがあれば、すぐに飛び付いて行くし。ともかく褒めてもらうためなら何でもする。」

「本当にね。まったくみっともない。あんなことができるのは、自分自身がどれほど恥ずかしい真似をしているか、まったく分かっていないからでしょうね。」

「そういうことだ。しかし、連中が見せ掛けをああまで取り繕わずにはいられないのは、反面、自分自身のあるがままの姿が耐えられないということでもある。連中は、自己認識を潜在意識の中に埋め込み、本当の自分の姿から意図的に目を背け、その代わり勝手に作り上げた都合の良い虚構を自己の姿だと思い込もうとする。しかし以前にも話したが、そのような人格は空中楼閣にも等しい茶番の人格であって、何の実体も持たない。それでも、その空中楼閣を作り上げるために費やしてきた精力と時間のことを思うと、連中はそれを認めることはとてもできないというわけだ。自分が生きてきたのは、実際には廃墟にも等しい、伽藍堂の人生を築くためだったと、認めるのと同じことだからだ。」

「しかしその、自分自身を丸め込むために、連中がどれほどの努力を傾注しているかということとなると、まったく驚嘆に値しますね。」

「まったくな。しかし、それも仕方がないだろう、ほかには何もないんだから。何もかも嘘で固めて、嘘以外何もない虚構の人生を作り上げ、しかもそれが本物だと、自分に向かって嘘をつく。そのうえ、『嘘だって最後までつき通せば本当のことになる』って、コレだからな。これはフロイト心理学で言うところの、『防衛機制（defense mechanism）』の一種だ。つまり、連中が嘘で固めた世界に棲んでいるのは、真実を知ることによって自己の精神が致命的に傷付くのを避けようとする、そういうメカニズムが働くからだ。以前にも話したが、君の親父だって、死ぬときになって『何も思い残すことはない。百点満点の人生だった』なんて言ったのは、本当は失敗してしまった自分の人生を見るのが、余りにも耐え難かったからじゃないのかって、おれには思えるね。」

「防衛機制といえば、自分自身のあるがままの姿を見るのが耐えられないということと、同時に外部からの攻撃に対して身を守ろうとする意識も、含まれているんじゃないんですか。自分の悪い所を見せると批判されるから、いかにも善人みたいに振る舞って、攻撃を避けようとするみたいな、そういうこともあるんじゃないんですか。」

「そうだな、連中の恥の意識の強さたるや、まったく凄まじいぐらいだからな。この場合の恥というのは『羞恥心』のことで、道徳的な『廉恥』の感情とは別のものだが。羞恥心というのは、ありのままの自分を他者に見せることを、恐れる感情のことだ。これは裏返せば、連中は自己肯定の基盤たるべき内的な価値を、まったく持ち合わせていないということ、つまり自己に対する信頼感の完全な欠如を意味する。要するに、連中は一度も本当の自分であったことがないものだから、正直な、ありのままの自分でいることが、怖くて仕方がないわけだ。このため嘘で固めた世界に棲んで、嘘で固めた人格で演技して、思い切って正直な自分自身として振る舞うことができない。少しでも本当の自分を出そうものなら、傷つけられてしまうような気がして、怖くて仕方がないというわけだ。この結果、演技によって作られた外向きの顔、外交辞令だけで出来上がった欺瞞の仮面が病的に肥大して、そちらで振る舞うことの方が普通の状態になってしまう。」

「なるほどね。自分のことを優れた人間と思い込もうとするのは、まずそういう欲が働くためであり、また自分自身のあるべき姿を直視することによって、自分の心が傷付くのを避けようとするためであり、また外側を立派に取り繕うことで、外部からの批判をかわすためでもあると。そういった要因から、本当の自分をさらけ出すのが怖いという心理が働くということですね。」

「またこういった手口が、神聖や崇高の感情に結び付くとなると、キリストが攻撃したのと同じ、正真正銘のパリサイ主義となる。大衆仏教だの、大衆キリスト教だのが、本来の教えからどれほどかけ離れたものか、もうハッキリしたことだろう。またなぜ連中が、本来の聖なる教えを、そんなふうに低俗なものに作り変えてしまうのかと言えば、今話している通り、崇高で神聖な教えを信じているような『気分に浸る』ためだ。そうして自分のことを、崇高で神聖な人間でもあるかのように『思いたい』という、欲を満たすためだ。連中はそのために、自分自身を教えに適った人間に作り上げる代わりに、教えの方を自分たちのレベルにまで引きずり下ろす。そうして神聖な教えを、勝手に低級卑俗なものに改造し、本来の意味が伝わらなくしてしまう。その結果連中は、自分自身を真理から遠ざけ、ほかの者たちも真理に到達することができなくしてしまうというわけだ。『真理の門の前に立ち塞がり、自分が入ろうとしないばかりか、ほかの者たちまで入れないようにする』というキリストの言葉は、要するにそういうことを意味しているんだろう。」

「頭を丸めて、袈裟を着て、数珠を持って、いかにも聖職者ぶった顔をしているけど、全部見せかけだけで、中身となると本当の教えからはほど遠い。あれはボーズじゃなくてポーズだって、前にも話したけど。

……彼らは経箱を大きくしたり、長い衣をまとって歩き回ることを好み、広場で挨拶されたり、会堂では上席、宴会では上座に座ることを好む。そして、見せかけだけの長い祈りをする（ルカ伝福音書、二〇、四六―四七）……。

……愚かな者は、実にそぐわぬ虚しい尊敬を得ようと願うであろう。修行僧のあいだでは上位を得ようとし、僧房にあっては権勢を得ようとし、他人の家に行っては供養を得ようと願うであろう。『これは私のしたことである。在家の人々も出家した修行者たちも、ともにこのことを知れよ。およそなすべきこととなすべからざることとについては、私の意に従え。』――愚かな者はこのように思う（法句経・ブッダの真理のことば）。」

「何よりも連中は、そういう自分の姿をやたらに人に見せようとする。そうして、何にでも鼻面を突っ込んで、大勢人の集まる場所へはどこへでも出かけて行って、持ち前の駄弁の饒舌を振るう。常に指導者の立場に自分を置いて、話すことはすべて道徳的な性質の内容ばかりで。」

「駄弁の饒舌って言えば、まったくその通りですね。連中はともかくよく喋る、しかも馬鹿みたいなことばかりをですよ。『日々感謝の気持ちを持って生きなければいけない』とかなんとか、まるで小学生に向かって言うようなことを、大人に向かって喋々とまくしたてるんですからね。」

「凡庸だというのも、連中の顕著な特徴のひとつだな。連中は、そうやって駄弁を振るえば振るうほど、自分が馬鹿に見えるってことにまったく気付いていない。それどころか、却って人々に有益な感化を与えているみたいに思い込んでいる。そもそも連中の喋ることといえば、どんな凡人でも考え付くようなことばかりだから、どんな凡人でも安心して聞くことができる。要するに、誰も劣等感を掻き立てられずにすむわけだ。大衆ってのは、自分の考え付かないようなことを、自分の使いこなすことのできないような言葉で語る者に出会うと、たちまち拒絶反応を起こして怒り出すからな。連中はそうして凡庸平俗な話で大衆的人気にありついて、自分を途方もなく優れた人間みたいに見せようとする。大勢の人々に受け入れられるのは、それだけ自分の人間性が優れているからだと、そう思いたいわけだ。実際には、その反対なんだが。」

「頭を丸めて、袈裟を着て、人の集まるところへはどこへでも出かけて行って、指導者面で振る舞い、凡庸陳腐、駄弁の饒舌、自己顕示欲の塊で、テレビに出たり、雑誌の載ったりするのを好むと、……まるでナントカって婆あのことを話してるみたいですね。」

「ナントカって婆あ……？　ああ、あの婆あか。あれこそパリサイ偽善者の典型だ。あそこまでやると、却って滑稽なぐらいだ。しかしあんな道化じみた猿芝居が、この島国では大受けに受けるってんだからな、『人生の達人』とかなんとか言われて。まさに『盲人の手を引く盲人』を、地で行ってるって感じだな。ともかく大衆にとっては、頭を丸めて袈裟さえ着てりゃ、中身はなんだろうがかまやしない。連中は拝むものがありさえすれば、それでいいってわけだ。そうして、あんなパリサイ偽善者に引き回されて、最後に行き着く所は穴の底だ。」

「仏教が長い年月の間に形骸化し、ブッダの真性の教えはもはや本来の姿をとどめてはいない、というのが以前話し合ったことです。『大蔵経典』などの文献分析によって、我々は正統仏教がどのようなものか、理論的には理解することができます。しかし、それは現在仏教と称して行われている活動が、オリジナルからはほど遠いものだということを示すのみです。仏教においてもパイサイ化が進み、『見せる』のが目的の欺瞞と化してしまったというのが、残念ながら実情のようです。」

「瞑想によって四聖諦を体得し、最高の叡智に到達して、もはやこの世に生を受けることがない境地、すなわち涅槃界（ニルヴァーナ）に至ることが仏教の目的だ。その過程で、修行者は様々な心霊世界の階梯を経て、最終的に寂滅想に至って修行が完成される。そこは、すでに彼岸と此岸とを、自在に行き来することができるほどの境地であり、人は感性的な束縛から完全に解放されている。もちろん、これは大蔵経典にそう記されているということで、実際にその通りかどうかは、やってみないことには分からない。しかし、あのパリサイ婆あが、こういった本物の仏教とは何の関係もないぺてんだということぐらい、多少目の見える人間なら、誰にだって理解できることだ。これ見よがしに頭を丸めて、袈裟を着て、人の集まるところへはどこへでも出かけて行って、何にでも口を出して、指導者面をして、凡庸陳腐で駄弁の饒舌を振るうというのが、最高の叡智に達した修行完成者のすることか。当の釈尊、ブッダは、そういうことをしてはならないと、何度も弟子たちを戒めているんだ。」

「また、連中の行動の顕著な特徴として、最初から分かり切ったような、ありきたりのスローガンを、伝家の宝刀みたいに振り回すってところがありますね。『戦争反対』、『死刑反対』、『原発反対』、『人種差別反対』、『児童虐待反対』って、誰が聞いたって当たり前の主張を、無意味を百も承知のうえで繰り返す。あのパリサイ婆あも、そんなことを何か言ってたけど。」

「ところが連中は、実際に戦争に反対しているわけでも、死刑に反対しているわけでも、原発に反対しているわけでも、人種差別に反対しているわけでも、児童虐待に反対しているわけでも何でもない。ただ、自分を安全な立場に置くために、そう言っているだけだ。『戦争反対』、『死刑反対』って言ってりゃ、絶対に大丈夫だからな。しかしそんなことは、わざわざ口に出して言わなくたって、誰にでも明らかなことだ。『戦争があればあるほど良い』、『死刑があればあるほど良い』なんてことを、本気で思う奴がいると思うか。それをこれみよがしに、大声で主張して見せるっていうのは、殊更自分の正当性を誇示するためにほかならない。」

「そのうえ連中は、『戦争がなくならないのも、死刑がなくならないのも、人類にそれらを必要とする要素が働いていているからではないのか』なんて、ちょっとでも違う見解を口にしようものなら、『それじゃ、あんたは戦争があった方が良いとでもいうのか』とか、『死刑があった方が良いとでもいうのか』って、すぐに噛み付いてきますからね。以前おれの友だちが、田宮模型の戦闘機か戦車か何かのプラモデルを作っていたら、『あんたは、そんなに戦争が好きなのか』だの、『そんなに人殺しが楽しいのか』だのって、しつこく絡んでくる奴がいたって、そんな話をしてましたね。プラモデルの戦車や飛行機を作ってるぐらいで、『戦争賛美者』だの、『軍国主義者』だのって、社会公共の敵に仕立て上げられてしまうんですからね。しかし、平和に模型作りを楽しんでる人間と、それを人類の敵に仕立て上げてやろうとするような人間と、本当に社会にとって有害なのはどっちの方なんだって、おれが言いたいのはそこの所ですよ。」

「相互に加え合う害悪の均衡によって、見せかけの秩序が保たれている世界というのは、そういう世界のことだ。連中の住んでいる同害報復の世界では、常に虎視眈々と他人の隙を窺って、ちょっとでも機会があろうものなら、いきなり攻撃を仕掛けるというのが通常の行動だ。要するに、ああいうパリサイ主義者にとっては、『戦争反対』だの、『死刑反対』だのってスローガンは、他人に対する攻撃行動を正当化するための、都合の良い方便に過ぎないということだ。」

「だからこそ連中は、自分自身を正当化するために、躍起になって『戦争反対』、『死刑反対』、『原発反対』って、喚き散らさずにはいられない。」

「その通り。だから連中は、『人工妊娠中絶反対』なんて、際どいことは金輪際言わない。そんなことを言ったら、大衆の皆様から猛反発を受けて、今度は自分が公共の敵にされてしまうからな。パリサイ主義のお歴々は、最初からそこまで計算したうえで、大丈夫なスローガンだけ選んで喚いているというわけだ。しかし、本当に正義のために何事かを主張するというのなら、世の反発なんか問題にしていられないはずだ。現にマザー・テレサなんか、多くの世人の反発を受けながらも、最後まで人工妊娠中絶反対の立場を貫き通したんだ。」

「そう言えばおれの知っている女で、男と見れば誰にだって股を開くような奴がいましたけどね。父親の違う子供を二人も堕胎してるって、そんなことを言われてる奴ですよ。ところがそいつは、自分がそこまでの汚い罪を犯していながら、やたらに他人を批判するわけですよ。それこそ『死刑反対』だの、『人種差別反対』だのって、ありきたりのスローガンを振り回して、ちょっとした言葉尻を捉えては、人を人種差別主義者だの、死刑の賛同者だのに決め付けようとしてくる。それで自分は、いかにも人道主義者みたいな顔をしてるんですからね。文字通りマザー・テレサか誰かにでも、なってしまったような態度で。いったい、自分の犯してきた罪の方は、どこへ行ってしまったんだって、呆れさせられますね。遊びで妊娠して、ふたりも赤ん坊を殺して、それほどの罪を犯していながら、それを完全に棚に上げて人を批判するなんてことが、なんでできるんだろうって。」

「連中が『戦争反対』、『原発反対』って喚き立てていながら、どうして『人工妊娠中絶反対』なんてことを言わないのか、結局それが理由だ。自分の都合の悪いことには全部フタをして、何事もなかったように振る舞う。連中にとって正義なんてものは、自分を良く見せるための看板か、他人を攻撃するための方便に過ぎず、本気で実践するものじゃないってことだ。それで他人は批判するだけしまくって、自分が犯してきた罪の方は、知らん顔をしてすませておこうと、こうくるわけだ。」

「しかし、そうして嘘で固めた生活を送って、それが当たり前の状態になってしまって、外的な世界からもそういうものとして扱われるとなると、もう本当の自分にもどることもできなくなってしまうんじゃないんですかね。あのパリサイ婆あなんかでも、あそこまでやってくるともう元にはもどれなくて、そのまま臭い猿芝居を続けるしかないみたいな、そういうこともあるんじゃないんですかね。木に登ったクマと同じで、いったん高い所に登ったら最後、もう怖くて下りるに下りられないってところが。世間からも『人生の達人』なんて言われて、ああも祭り上げられてしまっては、今更『本当は私は、途方もない偽善者でございます』って、正直なことも言えないでしょう。だから『戦争反対』だの、『原発反対』だのって、まるで悪足掻きでもするみたいに喚いて、最後まで欺瞞を押し通す以外にない。」

「押し通して押し通せるものなら、それでもよかろう。『嘘でも最後までつき通せば、本当のことになる』なんて、連中は本気で思っているのかどうかは知らないがだ。しかし、もうとうの昔にバレてしまっているような嘘を、どれほど押し通したところで、いったい何になるというんだ。」

「こっちには、もうそれが分かってるんですからね。連中の臭い猿芝居なんか、最初からお見通しで。」

「結局、それが連中にとっての裁きということじゃないのか。世間一般の連中ならたぶらかすことができても、中にはどうしてもたぶらかすことのできない人間もいる。そういう少数の人間の存在によって、連中は自分が茶番に興じているという事実を、否応なく見せつけられることになる。」

「それが、連中が我々に対して見せる、どうにもならぬ苛立ちや敵意というものの根底にある心理でしょう。我々は連中みたいに自分を偽って、殊更素晴らしい人間みたいに振る舞おうなんて思っていませんからね。罪深い自分自身をあるがままに認め、そういう邪悪な自我の奴隷と成り果てぬように、少しでも自分の罪を償うことができるようにと、努力しているだけで。連中だって、自分の醜い姿をそのまま受け入れることができたなら、もっと誠実な生き方を選べたでしょうけど、彼らにはそれができない。ところが、連中は我々との対比によって、そこの所を見せつけられてしまう。だから、却ってこちらの方が誤った生き方をしている人間ででもあるかのように決め付け、攻撃を加えてくるというわけで。」

「しかし、本当に我々の方が誤った生き方をしているというのなら、せいぜいこちらが破滅するに任せて、嘲笑でもしてくだされば良いのではないか。それを連中は、我々に対してなぜああまで敵意をむき出しにしなければならないのか。彼らの我々に対する、あのゆとりのない、ヒステリックな態度は、絶対に優位にある者が劣位にある者に対して取るべき態度ではない。あれは追い詰められた人間が、自分の身を守ろうとして、切羽詰まって取る態度だ。逃げ道をなくした獣みたいな、要するに連中の我々に対する、完全な敗北感の現れ以外の何物でもないということだ。」

「そうすると、パリサイ人種が我々に対して見せる、あの敵意というのも、自分たちの本当の姿を見せつけられる苛立ち、焦燥の現れってことになりますかね。」

「連中にとって決定的なのは、連中は優れた人間でありたいと切に願っていながら、絶対に優れた人間にはなれないという事実だ。もし実際に優れた人間になることができたのなら、連中は全力でそうなろうと努めたことだろう。ところが連中は、自分が優れた人間になることよりも、自分のことを優れた人間だと『思う』ことの方に熱心に取り組む。連中には『なる』可能性が、最初から存在しないからだ。しかし、優れてなどいない自分自身を、どれほど優れていると『思おう』と努めたところで、思えるようにはならない。この結果、連中はどうしたところで優れた人間にはなれず、また自分を優れた人間と『思う』こともできず、ただ一生猿芝居を演じて終わるだけだ。実際、連中が言うみたいに『嘘でも最後までつき通せば本当のことになる』のなら、あるいは彼らも満足してこの世を去ることができるかもしれない。しかし、我々のような人間の存在によって、連中は『どんなに最後まで嘘をつき通したところで、本当のことになんかならない』事実を、見せつけられることとなる。たとえ連中が、ソクラテスやイエス・キリストにしたみたいに、我々を悪人と決め付けて殺してみたところで、この事実は変えようがない。」

「どんなに自分のことを優れた人間と思いたくても、その願いは絶対に叶えられないということですからね。願いだけは旺盛に働くが、決して叶えられることがないというのは、ある意味では非常に残酷な話ですね。」

「何者かの救いというものが価値を持つためには、ほかの者たちは滅びに定められた者でなければならない。そうでなければ、救いという概念が意義を持ち得ないからだ。すべての人間が救いに値するというのなら、救いそのものの意味がなくなってしまうということだ。別の言い方をすれば、ほとんどの人間は滅びに定められ、救いから見放されているからこそ、救われる者は祝福された者と呼べるということになる。イエス・キリストが弟子たちに、なぜ例え話を用いて話すのかを尋ねられたとき、彼はこう答えた、『彼らが見ても見ても見えず、聞いても聞いても聞こえないようにするためである。そうでなければ心を入れ替えて私に帰り、その罪を赦されるかもしれない』と。また、彼はこうも言っている、『持てる者はさらに与えられて豊かになるが、持たぬ者は持っているものまで取り上げられる』と。」

「滅びに定められた人間は、神によって意図的に救いが与えられないようにできていると。そうすると、そのような人間であるという事実そのものが、彼らの裁きだということになる。赦されたくとも、それができないように定められた人間だという事実が。」

「そういうことになるな。『汝らほど、重く裁かれる者はあるまい』と、イエス・キリストも言った。パリサイ主義者はパリサイ主義者にふさわしい裁きが、やはり与えられるというのが、本当のところじゃないかと思うね。」

「しかし、その裁きというのは、いつ、どのように、なされるんでしょうか。悪には裁きを、善には報いをという神の摂理を、我々は実際に見ることができるのかどうか、おれはそれをずっと言い続けているんですよ。本当に裁きなんてものがあるのかってね。」

「やはり人生の最後になって、それが下されるんじゃないのか。死というのは、誰にとっても、本人がどの様な生き方をしてきたのかを、裁かれる機会になるということじゃないのか。」

「それじゃ、その最後になって下される裁きというのはどの様なものなのか、この次はそれについて考えてみることにしましょう。」

おわりに

「さて、前回話したのは、人は自分の臨終において裁かれるということでした。つまり、本人が救われる者となるか、あるいは滅ぼされる者となるか、死に際してそれが明らかになるであろうと、そういうことでした。」

「あらゆる聖賢は、肉の生存を超えた、より高次の生存の領域に到達することが、人生の目的と説くわけだ。またこれだけが、我々が死というものに希望を持つことのできる、唯一の方法ともなる。死の絶望を乗り越え、永遠かつ普遍の世界に到達すること、それ以外に人生の救いはない。これは、人が自分の人生を、どのように過ごしてきたかによって、つまり霊に蒔く生き方を選ぶか、肉に蒔く生き方を選ぶかによって、決まる事柄だ。その結末がどのようなものかは、死に際して明らかになることだろう。」

「道を求める者は、そうして因襲的生活を離れ、霊に蒔く生活に踏み込むわけですが、果たしてそれは、我々が期待するような実り多いものでしょうか。これまで我々が論じてきた過程で、『霊に蒔く』生き方が真の意味における人間の正しい生き方であり、これ以上の生き方は存在しないことが理解できました。またこれは曽倉部長自身が、自己の全霊を挙げて取り組んできた求道生活に基づいた見解であり、すべて体験的な事実の裏付けがあります。だから、気持ちのうえではまったくその通りだと思えるのですが。」

「我々のような生き方をしたいと望みながら、それができない人間の方が多いということも、考慮しなければならない。相当数の人間が、自分の生き方が誤ったものであり、何とかしてそれ以上の生き方をしたいと、決して口には出さないが、そう感じているものだ。ひとかけらの尊敬にも値しない、実に下らない人間の意思に隷属し、自己の本心に反する卑しい生き方を毎日続けて、それがただエサにありつくためだけだというのなら、人生にいったい何の意味があるというのか。何とかして、もっと意義ある生き方をしたい。想像するよりもずっと多くの人間が、そう思っているんだ。でも、いくらそう思っても、自分の精神の弱さのために、彼らにはそれを実行することができない。あるいは全力で自分の人生に取り組めば、道も開けるかもしれないと、彼らだって心で感ずることがある。しかしそれよりも、もし失敗したらどうなるだろうという不安の方が大きくて、実際に行動に踏み切ることができないわけだ。」

「そうすると、我々に敵対し、妨害や干渉を加えてくる人間の中にも、本当は我々を羨ましがっている者がいるのだと、そういうことにもなりますね。」

「そうだな。我々は自分の人生に真正面から向き合って、絶対に妥協していないからな。それができない人間には、きっと羨ましく映るだろう。」

「しかし、最終的な段階において、本当に願った通りの結末が得られるかどうかは、その時にならなければ分からないということです。つまり、最後になって『生きてきて良かった』と思えるかどうかは、最後になるまで分からないということでもあります。このため、我々には様々な疑念や不安が湧き起こり、本当に自分は神の目に正しい生き方をしているのだろうか、本当に自分は正道にいるのだろうか、といった思いが絶えません。それどころか、果たして神というのは、我々が思う通りの義の神、慈悲の神なのだろうかといった、神の絶対善を疑う気持ちすら起こることがあります。」

「最後になるまで分からないというのは、最後の最後まで我々は努力しなければならない、ということでもあるのではないか。つまり、最初からそれが分かってしまっていたら、誰もそれ以上の努力なんてしなくなってしまう、ということではないのか。様々な疑念や、不信や、不安と戦いつつ、我々は勝利を目指すのであって、その戦いの過程を通じて我々の精神は浄化され、目的に近付いてゆくというものだ。だから、最後まで答えが隠されているというのは、あるいは我々が最高の段階に到達するために、必要なことなのかもしれない。」

「実質的に言って、これ以上の生き方を求められても不可能なのだから、我々はこの道にすべてを賭ける以外にないということでもあります。またこの道以外に、我々はどこにも希望を見出し得ないということも真実です。しかし、この腐り果てた邪曲の世にあって、『義』などというものが、果たして本当に意味を持つのだろうかという懐疑心に、絶えず悩まされます。もし、全身全霊を挙げた努力も全く無意味であり、義人も悪人も等しく滅びに投げ込まれるだけだとしたら、懸命に努力する人間は愚かであり、誤った生き方をしている人間の方が得だということになってしまいます。」

「そういうことになるな。我々は常にそういった懐疑心や絶望感に打ち据えられ、押し潰されそうになりながら、辛うじて頑張っているというのが本当のところだ。」

「曽倉部長ですら確実ではないというのなら、ほかの人間なんて誰も救われなくなってしまいますよ。

……義人ですら、やっとの思いで救われるというのであれば、不義な者、不信仰な者たちは、いったいどうなってしまうのでしょう（ペテロの手紙、四―一八）……。

そうして見ると、神様というのは全く意地の悪いお方のように思えてなりませんね。まるでおれたちが苦しむのを、楽しんで見ているみたいな、おれたちを苛めて面白がっているんじゃないのかって、そんなふうに思えてしまいますね。」

「確かにな。神様が意地悪だってのは、辛い時、苦しい時には本当にそうだと思えてくるものだ。いったい神は、なぜこんな苦悩を自分に与えるのか、こんなことをして何になるのかって、そんな思いが湧き起こって、禁ずることができなくなることがあるな。」

「神を持つと、何かにつけて神を恨む気持ちが起こって、よくありませんね。しかし、善には報いを、悪には裁きをという、神の働きを必ず見ることができるのなら、どんな思いも報われるだろうという気がしますね。しかし、それは本当にあるのでしょうか。」

「やはり、人の死に臨んで最後の審判がなされる、というほかはない。死というものが、明るい来世に向かって開かれた救いの扉となるか、地獄へ向かってぽっかりと口を開けた暗黒の穴となるか、それが臨終の時になされる裁きというものだろう。」

「そうすると、あの唾棄すべきパリサイの徒も、死に至るまで欺瞞を働き続けることはできないと、最後はふさわしい最期を遂げることになるのだと、そういうことですかね。イエス・キリストだって、『汝らほど重く裁かれる者はない』って言ってるんですからね。しかし、パリサイ人種の中でも特に悪質な、指導的な地位を利用して無知な人々をたぶらかしている連中ですけどね。ああいう手合いっていうのは、実際どうなんですかね。おれの親父じゃないけど、最後に『百点満点の人生だった』じゃ、こっちの腹の虫が収まりませんからね。」

「君はどうしても、親父のことが吹っ切れないらしいな。しかし以前も言ったが、ああいう連中は『盲人の手を引く盲人』だ。連中の役目というのは、救いに値しない有象無象連中を、十把ひと絡げに滅びに導くことだ。もちろん、自分もろともだが。連中がなぜああまで大衆的人気にこだわり、ことさら人目につくような真似ばかりして、『人生の達人』なんて呼ばれたがるのかと言えば、結局そのためだ。つまり世の盲人どもをおびき寄せて、みんなで揃って地獄に飲み込まれるためにほかならない。」

「そうすると、パリサイ人種というのは、救いに値しない人間を滅びに誘い込むという、非常に重大な役目を果たしているということになりますね。それは同時に、最も呪われた役目でもあるけど。」

「そういうことになる。ああいう連中が自分の罪深さを、そのまま理解しているかどうかは非常に疑問だ。しかし、自分の人生の最後の瞬間まで、自分のことを正しくて優れた人間だなんて、思い続けることができると思うか。おれは、できるはずがないと思うね。君の親父が最後になって、『百点満点の人生だった』なんて言ったのも、自分の子の目にすら、軽蔑にしか値しない人間だという事実が、彼にとっては耐え難い苦痛だったからだと、おれは思う。君のような誠実な人間の存在が、しかも本人の息子という立場での存在がだ、あの男を裁くこととなった。君の親父は、世間一般の盲人連中はたぶらかすことはできたが、自分の子供だけはできなかったというわけだ。しかも君の気持ちは、何をどうしたところで、もう父親を赦すことなどできない所まで来てしまっていたからな。君に少しでも親父を赦してやれる気持ちが残っていたら、親父はそれにすがって罪を改め、あるいは救いにたどり着くことができたかも知れない。しかし、それはできなかった。君の中で、あの男は完全に死んでしまっており、本人にもそれが分かったからだ。そうして彼は、取り付く島もない思いを噛み締めて、死んでいったというわけだ。これは、君の親父は人生の最後に臨んで、君によって魂にとどめを刺されたってことじゃないのか。親父の肉体を殺したのは癌だったかもしれないが、心を殺したのは君だったというわけだ。」

「しかし、それは全部親父が自分で招いてきたことですからね。家族を裏切り、見捨てて、人の心が完全に無感覚になってしまうまで傷付けて。そんな真似は、実際に人の心を殺してしまうのと同じじゃないですか。そのうえ、殺した自分じゃなくて、死んでしまったお前たちが悪いと、こうくるんですからね。でもそんな親父だったからこそ、おれはもう完全にあの男を捨ててしまうことができた。おれにとっては、とうの昔に存在しなくなっていたんですよ、あの男は。だいたい、『赦してやれ、赦してやれ』って、外野席から野次を飛ばす人間は大勢いますけどね、そんなに簡単に赦すことができたら、誰も苦労なんかしませんよ。実際、そういう綺麗事を言ってる連中ってのは、心が死んでしまうまで傷付けられたことなんか、全然ない奴らばかりですからね。」

「キリスト教じゃ、『赦し』というものが大きな意味を持っているがだ、世間では『赦す』という行為を非現実的な次元にまで拡大して、過度に美化しているところがあるな。世界には赦せる罪と、赦せない罪の二種類があるという現実から目を背け、どんな罪でも赦してやるのが愛だとか、慈悲だとか言って。しかし、これは人間の実相を知らぬ、精神的に未成熟な夢想家連中の描く絵空事だ。連中は『赦す』ことと、『有耶無耶にする』ことを、半ば意図的に取り違えている。赦されるためには、赦されるだけの条件が満たされなければならない。キリストだって、マタイ伝福音書では『七度(たび)の七十倍赦してやれ』と言ったことになっているがだ、ルカ伝福音書ではそれに『赦してくれと悔い改めてきたなら』という条件が付いている。実際、自分が悪かったと認めて悔やんでいる人間なら、幾らでも赦すことができるが、自分は何も悪くない、みんなお前のせいじゃないかって、頑として自分の非を認めない者をだ、どうやって赦してやれと言うんだ。悪くないという者は、赦しようがないではないか。だからこそ、キリスト教では『改悛』が最も重大な意味を持っているわけだ。悔い改めない者はどんなに赦してやりたくても、たとえ神であろうと、赦すことができないからだ。」

「キリストは『悔い改めねば滅びる』って、何度も言ってるんですからね。だいいち、この世って所は万物が滅びに定められた地獄であって、そこから救ってもらえるなんていうのは、まったく例外的な特典なんですからね。誰でも、それこそ自分の犯してきた罪を屁とも思わないような者でも、無条件に赦されるというのなら、何のための裁きですか。でも親父にしてみれば、死に臨むまで白を切って、そのまますませてしまえると思っていたのであれば、とんだ計算違いだったわけですよ。それが、神の意思による裁きだったというのなら、それこそ『天の配剤』と言えるでしょう。」

「イエス・キリストが磔にされたとき、彼の両側に同じように十字架に付けられたふたりの罪人がいた。そのうちのひとりが、イエスを罵ってこう言った、『お前が神の子だというのなら、自分を助けて、おれたちも助けて見せろ』と。するともうひとりの罪人は、それをたしなめて言った、『おれたちは罪を犯したのだから、こうされても仕方がない。でも、この人は、何の罪も犯していない』と。『イエス様、天の国にお入りになるとき、私のことを思い出して下さい』、男がそう乞うと、イエスは彼に対して言った、『あなたは今日、私ともに天の国（パラダイス）に入る』。……　君は、このふたりの罪人によって対比させられているのは、何だと思う。」

「要するに、赦され得る罪人と、赦されざる罪人の類型じゃないんですか。それと、磔刑に処されるほどの重罪人でも、最後まで悔い改めの機会は残されているという、救いの希望を与える話でもありますね。」

「そうだな。しかしもうひとりの、イエスを罵った男の気持ちがどのようなものだったのか、君には理解できるかね。最後まで悔い改めようとしない人間というものの心理が、十字架上にあってなお人を罵り続ける心理というものが、どういったものなのか。」

「やはり、自分は救いに与かることができないという、完全な絶望感からでしょう。少しでも可能性があったなら、そこに希望を持つことができますからね。何としても、それにすがりつこうとするんじゃないんですか。でも、その男には何もなかった。だから焼け糞で、自暴自棄の気持ちを、イエスにぶつける以外に何もできなかったんでしょう。」

「自分の罪を認め、赦しを請うという行為は、赦される可能性が存在して初めて可能となる。別の言い方をすれば、赦される見込みのある者には、自分の罪を認め、赦しを請う機会が与えられており、赦される見込みのない者には、それは与えられていない、ということだ。彼らにできることは、追い詰められた獣のように、最後まで反抗し続けることだけだ。あるいは、君の父親のように表面だけ取り繕って、何ごともないかのように虚勢を張って見せるか、そんなところだろう。実際、『赦し』というのは、我々自身の『罪からの解放』を意味するものであって、その解放自体が、同時に『救い』でもあるということじゃないのか。要するに罪の意識、つまり良心の呵責やどうにもならぬ悔恨の情からの解放が、すなわち救いだということだ。自分の犯してきた罪の意識ほど、苦しいものはないからな。何と言っても、それは自己否定の感情なんだから。そこから、罪を犯さずには生きてゆけない、この世の肉の呪縛から救われたい、という願いが生ずる。」

「しかし、以前にも話したけど、罪の意識をまったく持たない人間だっていますからね。おれの親父じゃないけど、完全に利他心の欠落した、他人の痛みなんて屁とも感じない、自分にとって快適なものが善で、不快なものが悪だと、その程度の価値観だけで出来上がっている人間だっているんですよ。倫理観念どころか、まるで二、三歳児並みの感覚しか、備わっていないんですからね。そういう人間にとっては、悔恨の情だとか自責の念だとかいった、罪の自覚による内心の痛みなんてものは存在しないってことでしょう。」

「しかし、そんな手合いは、なるほど悔恨の痛みは味わわずにすんでも、神の目にまったく救いに値しない人間としか映っていない、という事実はなくならない。君の親父みたいな人間には、神の慈悲も、来世への希望も、およそ『死』という冷厳な事実に対処すべき、なんの術も与えられていず、あるのはただ絶望だけということだ。二、三歳の幼児並みの精神しか持たぬ人間にとって、『死』というものの絶望感がどれほどのものか、君には想像できるかね。」

「それでも、赦されざる罪人が裁かれるということが、同時に完成に向けて努力する人間が報われる、ということにはなりませんからね。おれたちだって、最後には絶望の闇の中に投げ込まれて終わるのかもしれない。もしそうだとしたら、神ほどひどい奴はいないってことになってしまう。散々人を引き回して、次から次へと過酷な試練を与えて、やがて救いにたどり着けるという約束だけ与えて、こちらに希望を持たせておきながら、最後にそれを裏切るというのなら、こんな惨い仕打ちはない。そんなことを思い始めると、神を恨む気持ちばかりが起こって、まったくやり切れなくなりますね。」

「たしかに、それが自然な心情かも知れないな。しかし、神様というお方が、それほどひどいお方であったとしても、我々が義を求め、ひたすら正しい生き方をしようと努めてきたという事実に変わりはない。不完全で罪深い身でありながらだ、最善を尽くしてきたという気持ちだけは、掛け値のないものだろう。」

「自分の気持ちさえ晴れ晴れとしていれば、それでいいじゃないかって、言われてるみたいですね。でもそれじゃ、神の報いってのはいったい何だってことになってしまう。おれはそれだけじゃ納得できませんね。」

「君のような悲観的な気持ちに囚われるのは、むしろ自然なことだろう。しかし、もし神の国なるものが本当にあったとしたら、どうするね。現世を超えた、より高次の原理によって保たれる生存の領域というものが、肉的生存の呪縛から完全に解放され、奪い合い、殺し合い、食い合う原理ではなく、憐憫と、慈悲と、同情の原理によって保たれる世界というものが、本当にあったとしたら。我々が神の目に義しい生き方をしてきた者と認められ、罪を赦され、そのような世界に招いてもらえるとしたら、君はどう思う。実際、我々はそれに賭けてここまでやってきたわけだし、それ以外に術はなかった。その努力がすべて報われるとしたら、どうするね。」

「そんなことが、実際あるんでしょうかね。」

「君は、自分の内部に激しい矛盾葛藤が存在するのを感じている。『霊に蒔く』生き方が、人間として真に意義ある生き方だと知っていながら、それを完全に受け入れることができずにいるというわけだ。というのも、君の心にはともすれば神に対する懐疑心や、恨みや、反駁の感情が湧き起こり、それらが抵抗要因として働いているからだ。」

「そうですね。」

「しかし、よく考えてみたまえ。その矛盾葛藤とはどうして起こるものなのか。君がもし、世間一般の連中のように、肉の人間のままであったのなら、その矛盾葛藤は決して起こることはなかっただろう。彼らには、神の子たる資格が与えられていないからだ。つまり、君に蒔かれた神性の種子が、君の内部で芽を出し、枝葉を延ばし、どんどん育とうとしているからこそ、その矛盾葛藤が起こるのではないか。君の内部で、霊の人間が肉の人間に対して攻撃を加え、これを殺してしまおうとしていることによって、激しい痛みが生ずる。

その矛盾葛藤こそが、君が神の子として選ばれてある証しだということではないのか。もしそうでなかったなら、いったいそれは何だということになるのか。」

「そうすると、おれも神の子のひとりとして、数えられているということになりますかね。やがては、神の国に招いてもらえる人間のひとりとして。しかし、そんなことが本当にあるのかって、どうしてもそういう思いが残りますね。」

「あったとしたらどうするのかって、言ってるのさ。」

「そうですね、もしそうなったとしたら、掛け値のない気持ちで、『生きてきて良かった』と思えることでしょう。たとえこの世でどんな苦難を味わったとしても、そのすべてが報われたと思えるんじゃないんですか。むしろこの世で苦難を味わったからこそ、その境地にたどり着くことができたと、却って苦難が祝福であったみたいに思えるかもしれない。特に、『肉に蒔く』人間には、それが一切与えられていないことを思えば。」

「そういうことだ。我々にはその希望が与えられており、彼らには与えられていない。この、我々と彼らとの間の、希望を持つことができるかできないかの違いが、どれほど大きな違いか分かるかね。これは誰にとっても、自分の人生の最期が近付いてくるにつれて、否応なく明らかになることだろう。精神的存在者としての我々にとって、生きるということとは、つまりそういうことなわけだ。これ以外の、またこれ以上の、精神的な生き方というものは、存在しない。それはもう、十分明らかになったのではないだろうか。勿論、この世における実際の生活の中には、落胆すべき事柄も多く、ともすれば希望を失ってしまうようなことばかりが起こってくる。それは確かだ。しかし我々には、この死の陰の谷にあってなお、遠くの灯とも呼べるような希望が与えられており、やがて我々はそこへ行き着くことができるだろうという思いが、我々を支え、励まし続けてくれている。これは否定しようがないのではないか。」

「そうですね。たとえ押し潰されるような思いを味わうときでも、その希望だけは、遠くに点った灯のように、消えることはないですね。」

「まあ人生なんて、想像するよりもずっと早く終わってしまうものだ。だから、あと少しだと思って、頑張ってみるしかない。実際ここまでやって来て、いまさら肉に蒔く生活にもどるなんてこともできまい。最後までこの生き方を貫き通す以外に、道は残っていないのさ。イエス・キリストも言った、『あなたたちも、この世では苦難があろう。しかし、しっかりと心を保ちなさい。私はすでに世に勝っている。』と。」

「またキリストはこうも言っています、『世があなたたちを憎むとき、まず最初に私を憎んだことを心に思いなさい。』と。『肉に蒔く』人々の我々に対する憎しみは、十字架上にあってイエスを罵った男の心情と、きっと同じものなのでしょう。彼らには、この死の陰の谷にあって唯一の希望ともなる、救いの可能性が与えられていず、ただ絶望に向かって進み行くだけだというのであれば。」

「肉に蒔く者は滅びを刈り取り、霊に蒔く者は命を刈り取る、……　我々にも彼らにも、やがてふさわしい結果が、与えられることとなるだろう。」

徳留新一郎（とくとめしんいちろう）

一九五八年岐阜県に生まれる。一九八一年同志社大学法学部卒業。地方公務員を経て米国留学。テネシー州ミドルテネシー大学大学院修士課程（法社会学）修了。テネシー大学大学院博士課程において社会学を学ぶ。現在著述業。

著書

『十字架』、『少数者のために』、『巡査物語』、『ソクラテツとの対話』（いずれも東洋出版）

ソクラテツとの対話II

肉に蒔く者と霊に蒔く者

著　者　徳留 新一郎

発行日　二〇一八年二月二〇日　第一刷発行

発行者　田辺修三

発行所　東洋出版株式会社

〒112-0014　東京都文京区関口 1-23-6

電話　03-5261-1004（代）

振替　00110-2-175030

http://www.toyo-shuppan.com/

印刷・製本　日本ハイコム株式会社

ISBN 978-4-8096-7893-6

定価はカバーに表示してあります